丁浩宇 著

100元穷游中国一年

中国出版集团　现代出版社

图书在版编目（CIP）数据

一百元穷游中国一年 / 丁浩宇著. –– 北
京：现代出版社, 2022.12
ISBN 978-7-5231-0095-0

Ⅰ．①一⋯ Ⅱ．①丁⋯ Ⅲ．①游记 – 作品集
– 中国 – 当代 Ⅳ．①I267.4

中国版本图书馆CIP数据核字(2022)第245048号

一百元穷游中国一年

著　　者：丁浩宇
责任编辑：张红红
出版发行：现代出版社
社　　址：北京市定安门外安华里504号
邮政编码：100011
电　　话：010-64267325 64245264（传真）
网　　址：www.1980xd.com
印　　刷：三河市铭诚印务有限公司
开　　本：787mm×1092mm　1/16
印　　张：18.75
版　　次：2023年2月第1版　2023年2月第1次印刷
书　　号：ISBN 978-7-5231-0095-0
定　　价：78.00元

逆境中更加自强

顺境中更加平静

　　一百元穷游中国一年,这种事情听说过,但做梦都没有想过会发生在自己孩子身上。当我们做出这个决定时,耳边传来各种声音:

　　现在疫情这么严重,大家都躲在家里,你们就不怕孩子被传染吗?

　　他还小,发生事情怎么办?安全有保证吗?

　　就一百元,能行吗?要不要多带点钱啊?

　　是不是虐待孩子啊,干点啥事不好啊,非要去穷游?

　　……

　　对于上面的各种担心焦虑,其实我们只有一念应对之:一切都是老天最好的安排。

　　2020年4月15日,丁浩宇揣着一百元开始了独自一人穷游中国一年之旅。这个过程没有大家想象的惊心动魄、波澜壮阔,更多的是市井烟火、平淡无奇,是考虑今天怎么活下去,明天去哪里。2021年6月5日穷游结束后,他写了这本书,详细记录了穷游的过程,希望能给大家带来一点参考价值。

穷游之前,跟他约法五章,先把规矩定好:

1.只能拿100元出门;

2.只能自己一个人去穷游,不能结伴;

3.中途不可以回家,过年也不可以回家;

4.不可以在一个地方停留超过一个多月;

5.穷游必须满一年,不能打折扣。

其实,当他问我们可不可以回家过年的时候,我们心里动摇了一秒钟,然后立即回答不可以,既然穷游,就彻底一点,肯定不能回家过年嘛。上面的这些规则,也是在"彻底穷游"的指导方针下制定的。

事实证明,提前约定是非常有必要的,之后他再也没有问过我们类似的问题。因为他明白,他要做的是真正意义上的"穷游",他要给后面穷游的弟弟妹妹们蹚蹚路,做好榜样,告诉他们,你也可以!

2020年4月15日,在全国疫情很严重的时候,我们开开心心把他送到上海火车站,他也开开心心的。没有哭泣、没有惜别、没有担心、没有犹豫,就这样出发啦!

后来他把书的初稿给我们看,看到他出发时的一段文字,才知道儿子迈出这一步也确实是不容易的:

一个人从上海前往南京，身上只有50元，仿佛一切都那么地悲凉……望着窗外的太阳，幻想着自己是植物一般进行光合作用，抵消一点点饥饿感，就这么晃悠着晃悠着到了南京。

虽然心疼，但如果我们今天不让他吃身体的苦，他明天就要吃社会的苦，吃人生的苦。我们不能照顾他一辈子，不如在我们有能力的时候就放手，就算出问题，也有机会解决。

2020年，正好是他20周岁的年龄，穷游就像是送给他的一段长达一年周期的"成人礼"。穷游，让他变得更加成熟了，也变得更加有底气有勇气了。因为他知道，无论在什么情况下，他至少可以生存下去；无论面对什么困难，他都可以克服过去。他不会带着一颗玻璃心而活着，更不会带着一颗苟且的心而活着，他只会带着一颗不断追求成长的心而活着。而我们父母最放心不下的，不就是担心子女离开我们以后不能好好活下去吗？现在还有什么好担心的呢？

浩宇爸爸　丁士安

浩宇妈妈　张小花

2023年2月于上海家中

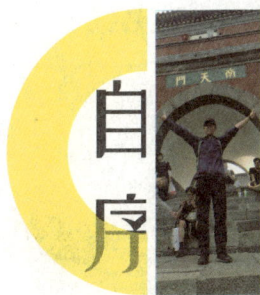

我为什么要写这本书

Hi! 我叫丁浩宇, 2000年出生, 直至此刻, 我已经度过了人生的20个岁月。

相比于同龄人的20岁来说, 我的20岁显然要丰富很多, 我做过保安、快递、清洁工、酒店前台、群演、文秘、汽车销售与被传销。我也在丽江学习了骑马, 在三亚学习了冲浪, 在四姑娘体验了攀冰, 走过尼泊尔的ABC(安娜普纳小环线)、EBC(从尼泊尔的珠峰南坡登山大本营为目的地的大环线高原徒步)与格聂大环, 在泰国考取了AOW(进阶开放水域潜水员)潜水执照, 和15岁的弟弟一起骑行318, 登过大峰与哈巴(虽然哈巴风太大没上去), 在尼泊尔体验了滑翔伞, 在埃及体验了热气球。

目前我是一名户外博主, 在未来, 我也会继续从事户外旅行这个行业, 也希望有机会能够和大家一起去探索世界。

B站:

黑狼户外Explorer
探索永无止境!
UID:1786782954!

[+ 关注]

2020年4月15日,我开始了一百元穷游中国一年的挑战,直到2021年6月5日和弟弟一起结束318的骑行之后,我也正式结束了自己穷游中国的挑战。

虽然现在看来只有短短的几句话,但每一句话的背后,都凝聚了我太多的心血与经历。很多年龄与我相仿的人,他们正在读大三,或实习准备参加工作,他们平常的生活与旅行可能仅限于和家人朋友一起去景点逛逛,可能因为工作与学习的压力而没有太多的休息时间,也可能正经历着他们并不喜欢自己现在的工作或者专业,但也没有太好的想法的阶段。

我做过很多工作,工作中的同事往往会这样感慨,读完大学23岁,再考个研26岁,出来工作之后没过一两年就发现自己马上要步入30岁,然而此时此刻他们还没有任何积蓄,也没有在某些方面有所建树,往往这个时候就会比较焦虑。

希望我的经历能给大家带来一些启发,希望大家在看完我的经历后,可以发现世界的另一面,发现自己也可以拥有一种完全截然不同的生活。或许,你会更喜欢另一种生活方式。

对于我自己来说,每当我和别人聊起过往的经历,别人都会比较好奇地询问,但不停地重复讲述过往实在是一件无聊的事情,所以,写书之后,我就可以光明正大地给别人一本书说自己去看吧!美滋滋(主要还是给自己留个纪念啦)!

接下来让我们一起回顾一下我的生命吧!

序

自序

01 | 小时候

06 | 父辈们

10 | 尼泊尔徒步

37 | 职场生涯

46 | 山里海里金字塔里

56 | 穷游缘起

62 | 南京——
出发!

84 | 郑州——
植物园的小保安

90 | 浙江——
摄影师的助理

99 | 山西——
第一次自产自销

106 | 河北——
第一次参加义诊

111 | 河南——
第一次尝试义工旅行

目录

130 | 青海——
人多力量大

144 | 西藏——
朝思暮想去珠峰

168 | 丽江——
与马儿朝夕相处

184 | 上海——
干爹的画展

187 | 三亚——
后海的慢生活

197 | 云南——
组织攀登哈巴

206 | 横店——
圆梦群演

245 | 川藏——
骑行318

274 | 结语

let's get started!

小时候在山西的家里

小时候

"欸，这娃头怎么这么尖，像金字塔一样，叫丁丁好了！"这是父亲给我起的名字。

"欸，这娃真帅，就叫帅帅好了！"这是父亲给我弟弟起的名字。

这起名的功力堪比日本的松下、田中、井上，不愧是亲爹，也不知道我母亲怎么想的，竟然允许他起这样的名字。我的母亲张小花，是山西孝义人，我的父亲丁士安，是江苏盐城人。他们在干爹的公司工作，相识、恋爱、结婚。1岁之前我都是在山西孝义度过的，所以直到现在我都非常喜欢吃面食。1岁之后就随父母搬到上海，并在上海度过了十几年的时光。虽然如此，但我上海话基本不会说，只会说一句"侬晓得伐"，假上海人实锤了。

小时候也没啥好说的，记忆实在是太模糊了，这里就放张照

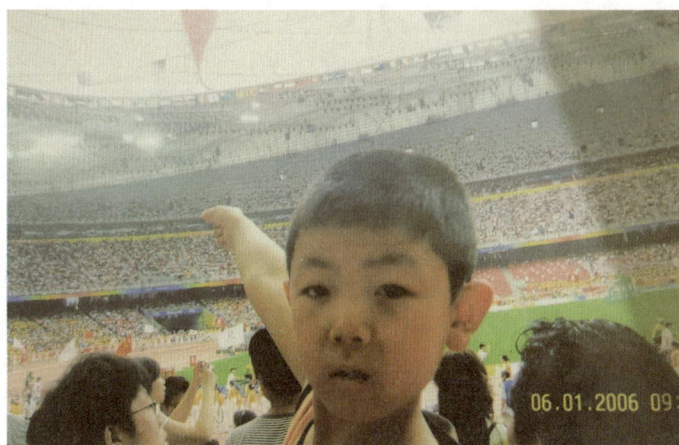

2008年的时候去北京看奥运会

片意思意思。在小学三年级之前，成绩还是可以的，考一百分也是常有的事情，好像大家都是这样吧。三年级之后就逐步下滑，初一的时候，基本上每次公布考试成绩我都可以先睡上一小会儿，除了数学还可以维持一点点仅存的体面之外，真的只是一点点，其他的科目真是一言难尽。

当时我父母实际上也被我搞得挺难受的，学校每天早上要默写英语，相关的资料头天晚上会发给家长打印出来，结果我每天晚上大概要花三个小时做英语作业，苦不堪言。就这样我的英语还是不咋的，看我每天晚上做作业到夜里十一二点，严重影响身体健康了，父母也就没有那么高强度地监督我了。

年幼的我也干过不少蠢事，什么少抄几条作业，或者把卷子藏起来之类的。当然这样风险还是挺高的，一旦被发现一定是女子单打，所以有的时候也不是很划算。当然这种时候他们打我往往不是因为成绩差，而是因为撒谎。现在回想起来，还真得好好感谢父母当时的教训。

所以，我小时候的生活基本上就在努力不被打的路上以及正在被打的路上，可真是父母的好孩子呢。

十岁的时候，父母偶然间看到北京有个英语培训班，感觉理念和方法很不错，为了提高我的英语水平，就报了班。但他们工作太忙了，没有时间陪我过去，所以他们做了一个决定，让我自己坐飞机去北京待一个星期，而且为了锻炼我，硬是不让北京的舅舅去机场接我，让我自己下飞机，自己找地铁，自己按照地址去找学校，然后自己再飞回上海。当年大家的观念都比较保守，就算是上

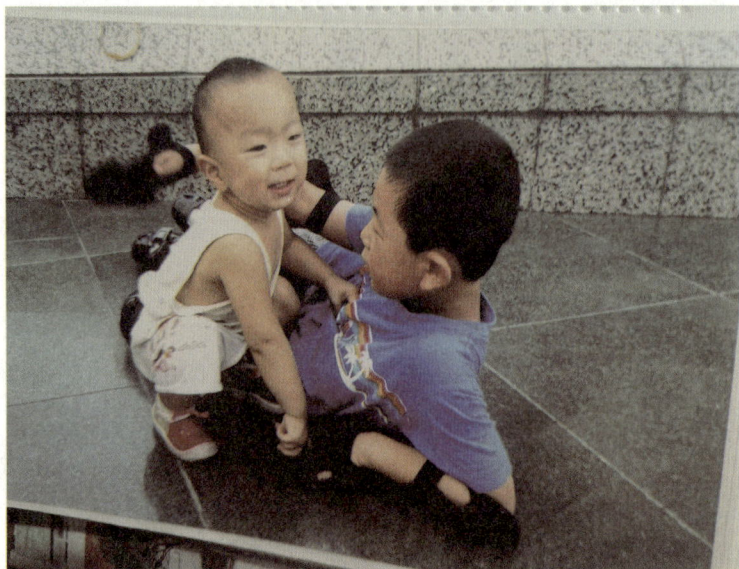

在外面玩 (我弟会不会打我)

学放学也一定要接送才行,生怕孩子受伤或出现什么意外。让一个十岁的小孩子独自去北京,不能不说是一个非常大胆的举动。

后来提起这件事的时候,我母亲说当时送我上飞机的时候我父亲都哭了。至于我本人,倒是没什么感觉,因为从小学四年级开始,我每天就自己坐地铁再倒公交去上学了。十岁的小孩子嘛,初生牛犊不怕虎,反而觉得这件事情很简单,上飞机,下飞机坐地铁,到目的地结束,回来的时候也有班上同学的母亲顺带着一起到了机场。并且为此我还非常开心,因为出行前父母给了我比平常多得多的零花钱。

我觉得这种锻炼还是非常必要的,虽然有一点点风险,但完全值得。相信没有哪一个家长希望自己的孩子直到上大学连鸡蛋有壳的事情都不知道吧?但不幸的是,这样的事情是真真切切发生的。

初中的时候,由于成绩太差,父母给我找了一所私立学校。就这样,十二岁的时候开始到云南上学,一直读到十八岁。其间自然发生了很多趣事,也让我学到了很多,但这段经历如果细细写来,恐怕得有一本书的内容,所以暂且跳过,日后有机会再与大家一一分享。可惜了,哈哈,我存了好多同学们的"黑"历史。

2021年与干爹在画室

父辈们

　　了解一个人不光要看他自己的经历, 家庭对于一个人的影响也是巨大的, 所以这里将花一点笔墨介绍一下我的父母, 看看老一辈们的努力。

　　我的母亲是99级大学毕业生, 在当年大学生不那么泛滥的年代, 母亲绝对算是高材生一枚。当初母亲要嫁给父亲的时候, 遭到姥姥姥爷的反对, 算命的说八字不合, 会天天吵架, 但终究敌不过爱情的力量, 磕磕绊绊也走到了今天。

　　我父母是在干爹的公司认识的, 也就是叶茂中营销策划公司, 做的是广告营销。父亲是最早跟着干爹的一批人, 当时自然不懂什么广告理论, 后来干爹慢慢磨炼父亲, 让他去跑市场, 跑调研, 才有了父亲的今天。母亲学的是市场营销专业, 但当年进公司的时候也是非常坎坷(大学生就业难题原来那个时候就有了)。

虽然父母以广告起家，但中间也做过一些其他类型的创业项目，比如，黑色天然五谷、吸油纸、豆制品厂之类的。有一段时间家里堆满了吸油纸，然后每天家里所有人都坐在沙发上把吸油纸装到袋子里。有没有成功呢?很显然没有，为此母亲总是调侃父亲乱花钱。

对于父母的创业故事，我也只是略知一二，否则定会拿出来给大家分享一番。儿童时期的我，记得最明显的变化就是家里的车子从福特换成了宝马，最后换成了奔驰，虽然家里不算大富大贵，但也算得上是小康家庭了，父母的努力也最终有了回报。

父亲最大的优点就是勤奋，他不是走在创业的路上，就是在创业的路上走，直到现在他也仍然在不断地探索。很多人可能会说如果我有一家公司我也会这样，但实际上正是父亲的这种勤奋带来了他的成功。创业的路上没有轻松的事情，我见证过太多次父母崩溃的时候，不管是家庭的麻烦事还是公司里的事情，但事后仍然重整旗鼓，继续前行。

这是父亲应得的，不是因为他运气好，而是他始终在前行。我特别喜欢的up主（uploader，上传者。在视频网站、论坛、ftp站点上传视频音频文件的人，也可称为博主）"影视飓风"，他们的名言就是"无限进步"，在这里也送给大家，同时也勉励自己。

如果说父亲的勤奋习惯是后天养成的，那么对他影响最大的应该就是我的干爹叶茂中。干爹是广告界数一数二的人物，身价不菲，但干爹闲聊时说当年他也是拿着80块钱来到上海，刚到上海的时候下着倾盆大雨，无奈之下花了6块钱打车，还让干爹心疼了好半天。

　　干爹最大的特点应该就是对自己足够狠,虽然做过很多知名广告,例如,马蜂窝、知乎、真功夫红星美凯龙、蒙牛、伊利、九阳、乌江、赶集网、361等等,但干爹更喜欢收藏、画画以及健身。每一次去干爹家里,他要么是在画画,要么是在健身。就算在公司,干爹也没有所谓的办公室,而是一张大大的书画台,画得不满意他就会把画撕掉。对待客户也一样,干爹有一句名言就是"没有好创意就去死吧"。如果说父亲勤奋,那么干爹就是极端勤奋,是非常值得尊敬的一个人。

　　父辈们的经历自然有许多津津乐道的地方,从他们的故事中我也收获了很多,而我的冒险故事,则要从2017年的寒假说起……

大冰锥子

尼泊尔徒步

2017年寒假，同学们坐在教室里讨论寒假的安排。路人甲"我要去××学校做助教"，路人乙"我要去××学校当助教"，路人丙"我要去××学校当助教"……当助教确实是很有意义的安排，但脑子里不知道哪根筋搭错的我，蹦出了一句："我想去尼泊尔徒步。"这就很不合群，最终在所有同学都去当助教的情况下，尼泊尔之旅还是成行了，不得不感慨我的头还是很铁的。

为什么会选择尼泊尔呢？（有请百度君登场，历史性的一刻，大家欢迎）

尼泊尔历史悠久，文化气息浓厚，景色非常优美，坐拥8座高海拔雪山，异域风情明显，民族色彩浓厚，也有丰富的户外活动，最重要的是尼泊尔人特别友好。

尼泊尔，这座喜马拉雅山脚下的国度，以其原始壮美的自然风光和信仰以及虔诚的宗教人文著称于世。喜马拉雅山是它和中国天然的国家分界线，世界十大高峰有8座在其境内，它的雪山美景吸引着无数游人来一探究竟。

位于尼泊尔中部喜马拉雅山南坡山麓的博卡拉，是徒步者的天堂，这里有成熟的徒步路线和沿途完备的住宿餐饮设施。无论路线长短，你都可以在雪山的环绕之下行走。博卡拉处于喜马拉雅山谷地，依偎在终年积雪的安娜普纳山峰和鱼尾峰下，傍着迷人的佩瓦湖，苍翠繁茂的植被和壮丽的雪山风光形成强烈对比，而这些景致，都是徒步的沿途中可以领略到的。

尼泊尔主要的徒步线路都在博卡拉周边，有多达十几条线路可以选择。很多经典的线路如ACT（安娜普尔纳大环线徒步）和EBC等，但会耗时较久且强度较大。

百度君：

大家好我是百度君，以后欢迎来我家串门哦。

点评：

五星好评，基本上就是这样，直到现在，我也是非常推荐尼泊尔的，以上描述属实。

虽然在学校的时候周末也经常去爬山，但真正接触户外徒步，还需要另做一些准备。你需要一个舒适的背包，一副登山杖、一双登山鞋、一套冲锋衣，等等，没有人会傻到说我不需要这些，除非你是真正的大神，例如瑞士机器（乌力史塔克）。

当时父母也非常开明，帮我解决了装备与费用的问题。有很多装备我现在依旧在使用，例如，lowa（德国户外品牌）的登山鞋和黑钻的登山杖，还有lp的护膝，都是非常好用的。

解决了装备，自然还要解决同伴的问题，独自一个人去尼泊尔显然父母不会同意。感谢万能的互联网，你只需要去8264或者相关的论坛上，很轻松就能找到同伴。当时约了一个小姐姐，她想要去尼泊尔做义工，所以我们综合了一下行程。前一个星期我们去孤儿院做义工，后一个星期去徒步ABC。因为ABC比较出名，而且线路的长度也是在7天左右。出发前，小姐姐还非常强地约到了一个走ABC的驴友团，所以走ABC的时候差不多是七八个人一起走的。

在对父母的再三保证下，"哎呀，很安全的啦，没什么危险的""好的好的我会组伴的""对面是个小姐姐你就放一万个心好了"……父母敞开了绿灯。

出发！在前往尼泊尔的飞机上第一次见证群山的魅力，被震撼到无以言表，就算是坐过去立刻飞回来也是血赚不亏。

光明正大的蓝图，我当时忙着看山去了，摄影by徐梦鸽

初至尼泊尔

尼泊尔的首都是加德满都，放在国内应该算二线到三线城市之间，游客经常去的地方在泰米尔区，算是加德满都最繁华的一个地方。第一个星期去孤儿院帮忙是一个义工项目，大家都懂的，交钱，然后他会帮忙安排联系，包括接机住宿、伙食，等等，结束之后再发个证明之类的。

义工组织联络的是君行，总体安排还ok。网上类似的义工项目有一些阴谋论的存在，例如，待在孤儿院里面的小孩都是经过筛选的，比较乖的或者长得比较好的，其他小孩则是被安置在其他地方。诸位看看就好，仁者见仁智者见智。

实际上在孤儿院的工作很简单，就是每天抽一点时间去陪小孩子玩，他们也会询问有没有才艺之类的，例如，你会唱歌就教唱歌，你会画画就教画画。语言方面尼泊尔基本上人人都会英语，如果你英语很糟糕的话，那你可以考虑机器翻译，不过我英语也不是很好，全靠队友翻译。

来到尼泊尔的第一天我就深切感受到了尼泊尔人民群众的热情，一下飞机就有人帮忙拎行李提包，从托运行李的地方提到机场出口，也就收了我们50块钱人民币小费，还好还好不是很多，再提个十回也不心疼呢（心在滴血）！

晚上吃了一顿正宗的尼泊尔餐食。提到尼泊尔的饭餐，豆汤饭是永远绕不开的话题，让我们呼叫百度君。

百度君：

我在刷剧呢，你讲慢点。

Dal在尼泊尔语中就是豆子的意思，Bhat呢，就是饭！所以Dal Bhat就是传统意义的豆汤饭。当地人会在一个铜盘的中央堆上一些米饭，然后周围配上几道菜，比如，咖喱鸡肉、炒蔬菜、土豆炖豆角之类的，把熬煮入味的鹰嘴豆汤浇在米饭上，然后拌着吃！有时候还会配上一个脆脆的小薄饼，咸咸的味道不错。当然在吃这道菜时，高级一点的饭店会有一些前餐，比如，爆米花、孜然土豆块、momo（类似饺子）之类的！

上图：第一次吃豆汤饭
下图：豪华版，实际上差不多

点评：

非常全面，好评！值得注意的是，豆汤饭是可以无限续杯的哦，直到吃饱为止（鸡肉除外），所以豆汤饭可以成为尼泊尔最具性价比的美食之王。我在山里面时要么点Dal Bhat，要么点炒面。

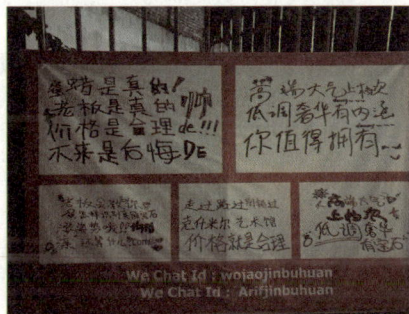

路边的广告牌
由于尼泊尔国人游客非常多，很多店家也会一点点中文

实际上在孤儿院帮忙可以讲的并不多,可能孤儿们见多识广,都挺配合的,而且还有比较大的孩子在带领。当时孩子们还唱了一首当地的民谣,还是挺带感的。

值得一提的是,在尼泊尔买东西一定要狠点砍,店家看到是游客的话就会标高价,同行的小姐姐经常能杀到半价。诀窍很简单,只要一直缠着店家喊"cheaper, can cheaper?(可以更便宜吗?)"再配上一副卖萌的表情,店家就会被杀得片甲不留,实属猛人也,这个梗实在是记忆犹新,哈哈。

初至尼泊尔,最大的感受是世界之大,在完全不同的地方,有一群人以不同的生活方式、不同的文化习俗在生活,对于之前从来没有出过国的我来说,是一种非常新奇的体验。最为不同的习俗就是,他们厕后清洁用的是水管而不是纸,所以上厕所的时候请自备纸巾,不然就可以好好体会一下当地的文化了,哈哈。

第一次户外徒步

让我们直接快进到进山的时候,下面这张照片是进山时候的合照,后面把自己的头裹得六亲不认的就是最开始约着一起去的小姐姐。

Trekking-1, 从博卡拉酒店乘越野车直接到海拔 1400 的 Hille, 然后徒步 3 小时到海拔 1960 的 Ulleri
Trekking-2, 徒步 5 小时到海拔 2860 的 Ghorepani, 可以再往返 3 公里大约 2 小时去海拔 3210 的 Poon Hill 观群山日落, 根据天气和时间情况也可更改为第二天早上看日出
Trekking-3, 徒步 6 小时到海拔 2680 的 Tadapani
Trekking-4, 徒步 8 小时到海拔 2300 的 Sinuwa
Trekking-5, 徒步 7 小时到海拔 3200 的 Denrali
Trekking-6, 徒步 5 小时到海拔 4130 的 ABC
Trekking-7, 一路下山 9 小时到海拔 2170 的 Sinuwa
Trekking-8, 一路下山 5 小时到海拔 1760 的 Kimche 或 Siwai 乘吉普车直接到博卡拉酒店
休息
上午滑翔伞￥730, 下午费瓦湖发呆, 时间允许可以去世界和平台俯瞰博卡拉
最早班飞机回加德满都, 烧尸庙, 猴庙, 博大哈佛塔
泰米尔购物
除夕前一天到家过年

当时的行程路线图, 得亏老哥还留着

人均消费总结, 总体来说还是挺便宜的, by陈荣华

一排的都是向导以及背夫

背夫与包

　　尼泊尔徒步路线的成熟度是毋庸置疑的,基本上每走几个小时就会有村落提供歇脚。如果第一次想要尝试徒步的小伙伴,尼泊尔绝对首选,一定记得要带简易冰爪!!!我当时没带,所以经历了很多心惊肉跳的时刻,想想都后怕。

　　尼泊尔对于向导以及背夫的管理非常规范,你得有向导证,没有走过的路线就算是向导也只能先当背夫熟悉路线。向导比背夫轻松很多,一般来说向导只负责引领线路,安排住宿,协调背夫等,向导是不需要背额外物品的,当然帮忙拿小包还是ok的。而背夫通常需要背两个到三个60升左右的登山包,如果路线前进顺利,一般在出山的时候会给他们一些小费,这个就根据自己的喜好以及财力了。

山里的索道

　　如果去尼泊尔徒步的话，会经常遇到这样的索道，离地普遍几百米，对于恐高症患者非常不友好，跟玻璃栈道差不多，挺刺激的。

山里的落日 by 徐梦镐

上图：尼泊尔酒店的特色钥匙，基本上都是这种，很有意思
下图：雪域行走

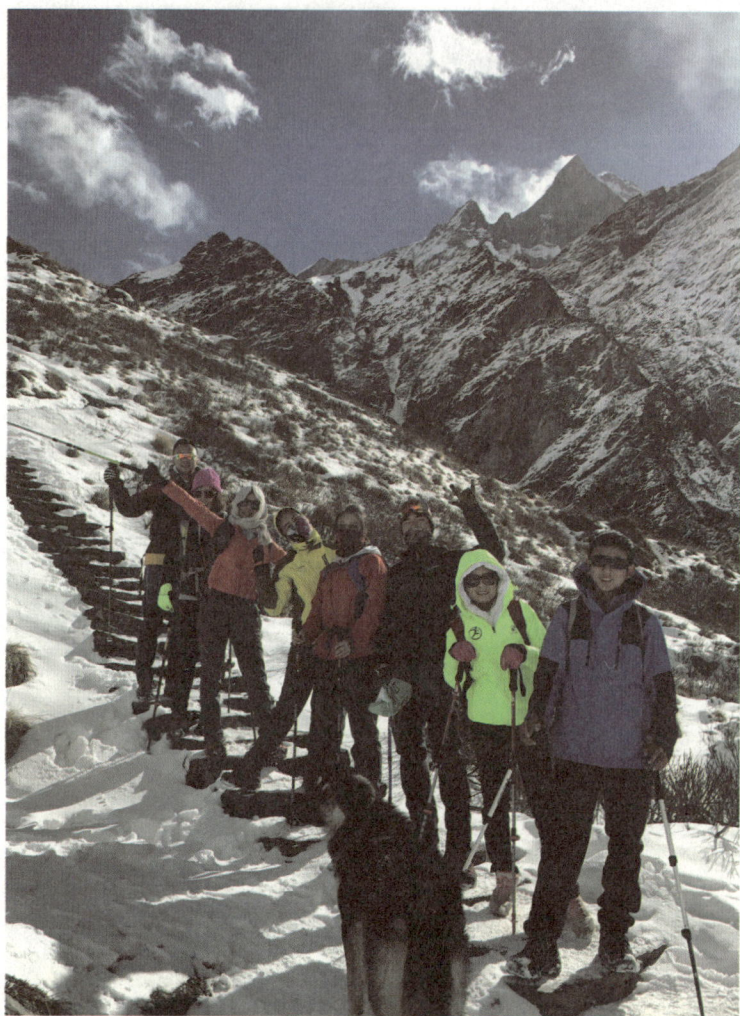

大本营合影

　　在去大本营的路上遇到了一对外国人，然后用蹩脚的英语就聊high了，他们走得很快。这是第一次也是最后一次高反，就什么也不想做，头痛欲裂，躺在旅店的床上怀疑人生，导致我人生中第一次上5000米海拔就惨败而归。

第一次户外徒步，让我感受到了大山的魅力，在群山之中整个人都会放松下来，倾听周围的声音，欣赏山中的风景，尽情呼吸自然空气，一步一步地感受步伐，这些体验都无比美妙，大山拥有着神奇的魔力，使人们流连忘返。

第一次坐滑翔伞

结束了徒步行程，紧接着安排了滑翔伞的体验。据说尼泊尔的滑翔伞是世界上性价比最高的，带来最为极致的体验，对于恐高的我来说，简单概括一下就是："啊！！！"

预定成功之后，他们会开车带你到一个小山包上，从山坡上助跑起飞。对于游客来说非常简单，跑几步之后会感觉到有一股巨大的升力把你从地面上拽了起来，就像是坐在一块悬浮的木板上进行飞行，如果你愿意的话，甚至可以拿个魔杖。天气好的时候，可以看到几百顶滑翔伞在山坡旁边的空中飞舞，他们会非常有序地绕着一个地方进行盘旋，看起来就像是人造的龙卷风。

小彩蛋：

如果你对教练喊"Big surprised！（大惊喜）"教练就会使出毕生绝学让你感受360度大回旋、横摆大风车等多种丝滑操作，加量不加价，好评！什么？我有没有喊？来来来，你出来，下次和你一起去，我帮你喊。

起飞ing，虽然看不太清，但是是我本人没错了

空中景色by陈荣华

　　天空是人类一直想要征服的领域,到了现代,天空已经成为人类的主场,我们可以通过滑翔伞、跳伞等方式来体验作为鸟儿一样的感觉,如果你想选择一项进行体验的话,相信我,滑翔伞绝对是最温和、最能够体验到鸟儿感觉的一种方式了。

　　如果想要深入了解滑翔伞,滑翔伞的等级分为ABCD四等,最简单的A照大概需要5万元的学费,学习20多天就能够拿到,拿到之后你就可以在全球各个跳伞基地进行自由跳伞,价格也更加便宜。中国目前也有一些飞行基地会提供考证的服务。

　　随后几天逛了逛尼泊尔的景点,因为我对人造景观不是很感兴趣,对历史也不是很了解,所以就一笔带过,放一些图片给大家感受一下,真的不是想偷懒不查资料。

受到地震的影响,尼泊尔很多古建筑都有一定的损坏,人们在修复文物

上图：尼泊尔的小孩子
下图：尼泊尔的学生们，放眼某国应该多多学习

再探尼泊尔

一年之后, 也就是2018年的寒假, 我拉上Jackie(杰基)又走了一次EBC。这条线路强度更高, 线路终点直抵珠峰大本营, 同时想要进入这条线路需要抵达世界上最危险的飞机场——卢卡拉机场, 它的跑道长度只有460米, 宽度20米, 坡度达到18度。

如果不选择坐飞机前往卢卡拉, 人们将不得不多花几天的时间进山。虽然机场大大缩短了进山的时间, 但乘坐飞机无疑是对胆量的一种挑战。卢卡拉机场都是旋翼小飞机, 只要在空中稍有颠簸, 就可以体验到失重感, 如果遇到天气不好, 恭喜你, 免费的过山车坐不坐?我有幸体验了一回……

机场照片

EBC这条线路风景没话说,非常壮观,如果你的时间比较宽松,线路拉到十天或者十几天走完还是比较轻松的,我当时八九天就走完了。最虐的一天是从终点下撤,凌晨5点出发去珠峰大本营拍照,之后一路撤回南池。去过的小伙伴应该都知道中间隔着一座上下爬升巨大的山,还背着60升左右的大包,当天一直到下午6点才勉强走到南池,总计步数6万步,最后就是挪着过去的,有兴趣的小伙伴可以体验一下,哈哈!作为向导,Jackie已经走了EBC70多次,他们甚至可以一天之内从大本营赶到机场。

第二次来尼泊尔纯粹是为了徒步,EBC不同于ABC,EBC的风景更单调一些,全是高耸入云的大山,更为壮丽,而ABC则可以体验到春夏秋冬四季。

EBC线上最大的村庄 -- 南池

EBC终点的景色

在尼泊尔买的纪念品
real jucie这个牌子在尼泊尔很常见, 也很好
喝, 强烈推荐

攀冰与登山

在第二次前往尼泊尔之前, 我去了一趟四姑娘山, 当时刚好是冬季, 报名参加了攀冰初级培训以及大峰攀登。

攀冰属于极限运动之一, 入门并不困难, 反而十分有趣。课程的安排是白天去冰壁攀爬, 晚上练习绳结打组。作为初学者, 我们会先学习如何在冰原上行走, 以及正确的踢壁动作、镐尖的用力方向, 等等。

攀爬一条几十米的冰壁大概需要20分钟,一天每人大概能爬3次到4次。虽然冰壁的角度大概在70度,但真正爬在上面的时候,你会感觉像是垂直的一样;如果冰壁是垂直的角度,你会感觉自己倒挂在冰壁上。

当你在攀爬的时候,如果敲掉了一些比较大的冰块,要大喊"冰!"以此来提醒下面的人注意。最为刺激的在于下降,对于恐高症患者来说,要盯着脚底下几十米的高空并准确地在冰壁上寻找落点是非常心跳加速的事情。当你回头看看保护员,发现只是一个体重不到120斤的小竹竿,你心里已经开始打遗嘱腹稿了。不过凡事都是习惯的过程,一开始"诶诶,放慢点!我一步一步下去!"后来"wuhu,起飞!"(危险动作请勿模仿,自我检讨ing)

攀冰的时候比较令人讨厌的就是水冰,也就是冰壁上一直在流水,如果你的衣服不是硬壳而是软壳的话很快就会被浸湿,让你的身体迅速降温并且麻木。教练为了让我们养成良好的习惯,不让我们带冰镐的手绳,此时你就可以感受到手不是自己的感觉,为了不让冰镐掉下去,只能用小臂带动僵直的手继续往上爬。所以想要尝试的小伙伴最好带一些防水性能很好的衣物。

点评:

攀冰五星好评!值得尝试的运动!

练习建立保护站

冰壁

　　四姑娘山一共有4座山峰,其中幺妹峰属于世界级技术山峰,并不适合普通人尝试,而大峰二峰与三峰的接近性非常良好,成为广大登山爱好者的首选山峰,有些大佬也会选择大、二、三峰连攀。当时我选的是大峰,峰顶海拔5025米,整体难度略低,甚至因为走太快、上去太早了没看到日出(山顶真的冷,待不了几分钟)。

大峰山顶

●

职
场
生
涯

第一次求职

2018年到2020年总共打了3份工。第一次求职的公司在上海郊区的一个大厦里,是做厨具的一家公司,办公室很小,老板和员工的办公桌在一块,想着这么小的办公室入职肯定没问题。但老板问过文凭之后说,"我们公司马上就要上市了,ipo懂吗?IPO(Initial Public Offering,首次公开募股)。我现在招的是助理,要帮助我上市的,你这文凭肯定不行,我好歹要个北大清华的",巴拉巴拉半个小时之后拒绝了申请。第一次求职被拒绝的感觉并不好受,觉得社会并不认可自己的价值。

实际上不管什么行业、什么岗位的人,都拥有属于自己的价值,如果这家公司拒绝了你,只能说明你和这家公司不合适,世界上的公司何其多，肯定有一家公司和你的价值观非常吻合，能够让你尽情发挥自己的才能，当然你也可以选择按照自己的价值观创立一家公司，所以后来对于面试被拒绝我的心态也平和了下来。

文职人员

第一家正式入职的公司是天玺国际商业保理有限公司，公司的业务内容很简单，就是为国企供应商提供保理融资，因为是和国企做生意，所以风险并不高。我的工作就是协助上司完成合同的审查编写等。

这份工作是一个彻彻底底的细致活，整天就是和合同数字打交道，如果写错一个数字后果是很严重的，对我来说是一个非常巨大的挑战。但所幸公司氛围很不错，遇到不懂的问题大家也都会帮忙，所以工作期间还是比较顺利的。

公司合照

汽车销售

第二份工作是一汽丰田汽车销售公司。如果说天玺公司是一盆清水，汽车销售就是大染缸，人际关系非常复杂，基本上都是"老油条"。

一汽丰田的内部流程多得令人发指，我在里面工作了3个月，还没有熟悉完所有的流程，签订购车协议，交由领导签字，转交财务，再转回去，登记系统巴拉巴拉，完整的一次流程可能要三四天的时间。

可能有人觉得汽车销售工资很高，天天西装革履，但实际上，汽车销售的底薪只有2000元左右，在上海随便租个房子就要1500元往上，如果你想要赚更多的钱，就得卖更多的车。虽然一辆车大几十万元，但分给销售的金额只有一两百元。这并不是恒定的，每个月卖的车越多，每辆车的分成也就越多。一般来说，一个月得卖十几辆车，最终的提成才有可能达到上万块钱。

当然没有人会满足于这样的薪水，所以汽车行业还存在一些揩油的方式。例如向你推销汽车装饰品，因为装饰品的提成会更多，几十块钱的东西可以卖到几百块钱；或者拟写阴阳合同，高价谈妥车辆价格，低价报给领导，模拟顾客签字，这样自己就可以从中赚取差价。当然这种操作属于高风险操作，而且上司对你知根知底的话不太容易蒙混过关。

汽车销售员的主要工作就是接待客户，帮助顾客选购车型。除了基本的车型介绍以外，对于一些比较难以回答的问题，公司方面也会给出相应的话术。例如，"欸，你们送的车贴听说质量不好啊？""怎么可能！我们这是3M公司专供的等离子附膜防眩晕车贴，绝对保证质量，您完全可以放心！"

我虽然不是社恐，但也不是见到人就聊得来的东北爷们儿，而做汽车销售每天都要和不同的人打交道，开始很不适应，但慢慢就习惯了。三教九流看多了之后，你甚至可以在接触的短短几秒钟之内，通过他的语气、面相等大致推断出他的性格以及行事方式，判断依据往往来自"欸，这个人和之前接触的另一个人怎么这么像"，从而进行匹配，还是蛮好玩的，有同感的小伙伴可以举个手。

有没有卖出车？还真没有。刚进去的实习员工都会一对一地分配师傅，由师傅来负责教你如何卖车。我的师傅还是很不错的，虽然也是老江湖，但没有什么坏心思。在实习期间，如果你接待了顾客，并且顾客有购车意向，最终都会转给师傅来进行最后的成交环节，业绩自然也算是师傅的，我3个月以来唯一有一辆快要成交的最后也转给师傅了。

为什么我谈的意向客户不多呢？这个很现实，汽车销售大家都知道，排两排站在门口，顾客刚进门的时候，所有的销售都会进行评估是不是意向客户，基本上就是以貌取人啦，"哎哟，这位爷手戴劳力士，脚踩倒钩鞋，身穿阿玛尼，戴着金项链，有钱人，放开别动，这个客户让我来！"这时候作为实习的萌新肯定是没有资格上去抢客户的，只有那些老销售看一眼就不想要的顾客才会交给萌新，自然谈成意向客户的概率会小很多。

汽车销售还有一个被人熟知的场景就是打电话。如果你浏览了汽车网站,并且在上面填上了电话,表示自己有购买的欲望,汽车公司就会记录这些信息并且打印到纸上。每天我们都需要把所有填过电话的人都打一遍,看有没有客户愿意到店里来看看,保证店里会有更高的优惠,等等。

当然有的客户会直接拒绝你,或者"啪"的一声直接关掉电话,最烦的是跟你聊半天聊得很起劲,最后问要不要到店里来看车,他回了一句:"看车?看什么车啊,我家里已经有了,今天就是随便逛逛。"所以,下次遇到汽车销售的电话不要犹豫,接起来听一句直接挂掉,对双方都省时间。

什么时候买车最便宜?实际上什么时候买车都是一样的,现在的卖方市场比较透明,去相关的汽车网站上了解一下,所谓的促销活动之类的也跟平常的底价差不多。非要说的话,月底去买车谈成低价的概率会高一些,因为不光销售员们忙着冲业绩,销售主任也在想办法冲销量指标,所以主任放低价的概率会高一些。这个底价都是集团给的额度,所以同一品牌的不同门店能给的优惠都差不多,除非你被某一家坑了。

汽车销售除了让我更加懂得人情世故之外,也引起了我对于企业制度的一些思考。一汽丰田的制度确实非常完善,每过一道流程都需要审批,这在一些大企业中也是比较常见的,只不过丰田比较极端,不光光是员工感觉流程繁杂,哪怕是领导也会觉得浪费时间,极大地增加了公司的运营成本。

这也是经典的蚂蚁与大象的对决,小公司更为扁平化的结构则不太容易出现这样的问题,主要是人太少了,想复杂也复杂不起来。或许随着时代的进步,我们可以通过科技的力量进行优化,棒球卡、员工日记、极端透明、会议记录公开等手段进一步压缩结构空间,我认为在这一方面《原则》给出了一份非常不错的答卷,对这方面有困扰的小伙伴可以去借鉴一下,哈哈。

上班前夜

PS：

　　这份工作做完已经来到了2019年末,本来想要体验一下群演的生活,结果进北派传销逛了一圈,属实难忘。

传销分为南派以及北派。南派更加温和，主要靠营造良好的"家庭氛围"进行洗脑，其间不会进行人身限制，想走就走，其中很多人也是知识分子出身。北派更为残暴，通过强制拘留，24小时高强度洗脑进行强制灌输，由于吸纳人员会预先筛选，并且多数为社会底层人员，故而成功率极高。

儿童运动教练

如果要说未来的行业什么赚钱，当属医疗与教育。

在生命的分量面前，一切金钱都显得毫无意义，如果得了癌症，就算倾家荡产，借钱无数，人们也要想办法把自己送进手术室，更别提后面还有高额的化疗费用。

在子女面前，没有哪一个父母会不舍得花钱让孩子赢在起跑线上。像我小时候就参加过很多培训班，书法、画画、游泳、围棋、钢琴、架子鼓、乒乓球，样样学，样样菜，没有一个是精通的。平常精打细算的父母，在这一方面仿佛没有预算上限一般，但不得不说，作为小孩子的我还是很希望有一个预算上限的。

我心里一直想创业，很多人把创业看得很难，看得很重，我在外面走了的这段时间，对这个问题感触比较深：创业的目的不光光是为了赚钱，世界上有太多的人正在做着自己喜欢的事情，并希望其他人也能够喜欢上自己所热爱的事物，分享更多的美好，这才是真正的创业。当然这并不意味着创业就很容易，只是在信息如此发达的时代，世界给了我们这样的机会。举个例子，假如你喜欢做手工，如果你生活在小镇上，而小镇上没有人喜欢手工制品, 你就不可能靠手工养活自己; 但现在不同, 世界上几十亿人口, 不管概率再怎么小, 也终会有一批人和你同样热爱某一样事物, 自然人人都有做自己喜欢的事情来养活自己的机会。

当时我也被创业问题所困扰, 父母觉得儿童教育市场很不错, 可以去体验一下, 顺便寻找看有没有创业的机会, 这也是我的第三份工作——儿童运动教练。

儿童运动培训这个概念实际上是从国外引进的, 通过运动来激发脑神经, 或者调整孩子的一些身心问题、性格问题, 等等, 比如让孩子变得更开朗, 专业一点就叫"儿童体适能", 简单来说就是让小孩子在课堂上跑跑跳跳、爬来爬去, 做一些指定动作、玩一些小游戏之类的。

年费普遍在一万到两万元, 对于普通家庭来说, 着实不算是一笔小费用。

这个行业的准入门槛很低, 外形标准——健硕一点自然更好, 你就可以成为一个儿童运动教练; 如果胖一点也没有关系, 你可以成为一名销售, 销售就需要了解更多理论方面的知识, 方便忽悠——啊, 不是, 方便顾客更容易理解这个行业的重要性。

说穿了, 既然这个行业对于教练的准入门槛很低, 意味着它不会有太多实质性的内容。培训?可能会涉及一些, 但更多的是教你如何控制课堂氛围, 如何解决小孩子的问题, 如何吸引小孩子的注意力, 等等。夸张的语句, 夸张的身体动作, 随意编造的小故事, 就能够让小孩子乖乖地坐在板凳上(儿童体适能多适用于3岁到6岁的小孩子)。

教练所教授的技巧有用吗?或许是有用的。运动对于孩子有帮助吗?那也是毋庸置疑的。但你自己在外面带孩子玩一个小时,能达到差不多的效果吗?或许真的没有差很多。

我原来所在的是全国连锁企业,总共有几百家店铺,但后来因为疫情的影响,公司没有足够的现金流储备,故而倒闭解散。但我工作的店铺并没有倒闭,在原店长以及众多家长的支持下,他们把原来的店铺盘了下来,换了个名字继续运营,听说近况还不错。也有很多原来工作的店长,选择到外面自己开儿童运动馆。

我没有选择这一行的原因有两个:一是因为这一行对于孩子的实际帮助并不是很大;二是因为我更喜欢到户外去探索世界。

山里海里 金字塔里

山里

在山里还是会有一些糟心的时刻, 气温突变, 险恶的地形, 走到怀疑人生。早上起来的时候发现帐篷里都是冰霜, 躲在睡袋里的自己瑟瑟发抖, 每次从大山里出来都在发毒誓: "我再也不进山了, 再进山我就是×××!"半年后"艾玛这个线路不错, 安排起来", 真香。

喜欢户外的我在做了将近半年的教练之后果断辞职, 并规划了一系列的冒险活动, 当时计划是完成一次重装徒步, 考到潜水执照以及考到滑雪教练证。

说回大山, 因为有了几次经历, 外加上我自信心爆棚, 直接开始策划狼塔线路, 并开始在8264平台上约伴。不知道狼塔的给大家简单介绍一下，有请百度君（此处应有掌声）。

百度君：

Hello大家好，我又来客串了，提一嘴《鱿鱼游戏》拍得还行。

狼塔，其实是河源峰的简称，河源峰为北天山第一高峰，山势陡峭，形如塔尖，海拔5290米。因为此地有群狼守卫，所以人们习惯性称为狼塔。狼塔穿越即为穿越北天山的线路，线路有很多条，其中以狼C线最为艰险，狼V线最为美丽。而将狼C线和狼V线连在一起组成的狼塔C+V连穿，则当之无愧地成为穿越天山最难、最险、最虐的一条线路，是户外界公认的"中华第一虐线"。

正常C+V行走需要11天时间。途中需要翻越冰山隘口，横渡冰河激流，行走空中栈道，穿越峡谷草原，风景绝美，惊险刺激。这里既是狼、棕熊、雪豹、野猪、北山羊、岩羊、牦牛等野生动物的天堂，也是富有探险精神的山友们向往之地。

Ok，感谢百度君的发言。虽然最后狼塔没有成行，但是在8264平台上约到了格聂的重装徒步。格聂是比狼塔要轻度一些的线路，经历了格聂的摧残之后，我还是很庆幸一开始没有选择狼塔。

百度君:

好了这次不用你请了,我自己来。Hello,大家好,让我来为大家介绍一下格聂线。

格聂风景区位于康南理塘县热柯乡境内,面积近500平方千米,是一大型风景名胜区。景区以海拔6204米的格聂山为中心,周围由山峰、原始森林、草原、湖泊、温泉、寺庙等构成。

格聂神山是横断山系沙鲁里山脉最高峰,南康巴第一峰,也是藏区有名的神山圣地,藏区各地藏民前来朝圣者甚多。格聂冷古寺为藏传佛教第一世噶玛巴都松钦巴创建,建寺历史悠久,其寺址地形独特,建筑风格独具特色,且寺庙珍藏的文物很多。

而且据说……

"喂喂,让你客串一下还没完了是吧,把话筒还给我。"

"切,稀罕什么嘛,你当我不想刷剧啊?"

咳咳,说回这次的重装徒步,不得不感谢板眼哥对我的帮助。当时我实际上并没有重装经验,之前走的尼泊尔沿途设施非常完善,所以也不能算真正意义上的重装徒步,但板眼哥作为老驴还是很好心地把我捎上了,我从板眼哥那里也学到了很多重装户外的技巧。

户外圈的约伴小知识

户外圈总体来说大家的性格都比较爽朗、乐观, 也不会很计较, 但人多了难免就会有一些喜欢搞事情的, 像是出山的时候到处发帖抱怨自己的队友怎么怎么不行, 或者出了事就要发帖约伴的人负责赔偿……这种事情屡见不鲜, 大部分都是新人搞出来的, 所以圈里面很多人都不太愿意带新人, 毕竟万一出了事就很麻烦。像我们出发的时候都会签免责协议, 意思就是自己出了事自己担着, 不要怪别人。但这东西的公信力很低, 别人该告照样告, 该赔照样赔。

我当时也遇到了一次, 我们从理塘县出发回成都是开车回去的, 大家会把均摊的油钱发到之前集合的群里, 如果有约伴经历的小伙伴就知道, 群里不光有这次成行的, 也有一些之前想要加入但最后没有成行的, 一般也不会把他们踢掉。结果我发了个油钱红包就被一个人抢走然后秒退群。

虽然比较震惊, 但油钱就50块钱, 我也是息事宁人的那种人, 想着算了重发一个, 但板眼哥特别猛, 他说你别慌, 我有他微信, 8264群主好多都是我朋友, 他跑不掉。一开始加他微信没通过, 还迅速改了个头像。板眼哥就威胁他说要在户外群里人肉曝光他, 改头像也没用, 最后他才通过, 说是刚才小孩子不小心点到了, 把50元还给了我。果然信息时代人肉曝光还是挺有用的。

社会上类似这样的人还是很多的, 虽然我们并没有害人之心, 但防人之心不可无, 希望大家在约伴的时候睁大火眼金睛, 小心选择自己的驴友, 毕竟这样的事情实在是太多了, 在户外一个好的同伴会让自己的旅程体验高上一个档次和享受。

　　打包很重要!打包很重要!打包很重要!重要的事情说三遍。

　　打包是整个旅程的基础,合理的打包可以帮助你顺利完成旅途,如果一股脑地把东西全部都塞到包里,相信找起来的时候一定很费劲吧。

　　重装打包的时候尽量秉持轻量化原则,板眼、蚊子他们这些老驴测量重量的时候都是按照克数来计算的。不要小看了克数,每样东西都减轻一点,最终你会发现自己的背包可以轻上好几斤,极大地减轻了负担。

我当时的打包,此为反面教材
可以看到有很多袋子、壳子、手套之类都是不需要的,
极大增加了负重。

　　打包除了对于轻量的追求,对于重心的分配也尤为重要,原

则就是越靠背部越重，尽量让重心保持在背部一侧。如果重的东西全放在外侧，在行走的时候会感觉到总是想往后倒，走平路还好一些，如果是走一些陡峭的山壁，一点点的重心改变也是非常要命的因素。

在穷游时候的打包方式我没有过分追求轻量化，转而追求了模块化。因为长时间的旅行，如果东西乱放很容易记不清里面有什么，分几个小包固定里面的物品，虽然会增加重量，但极大地方便了每次的存取以及清点工作。例如，一个小包里都是充电器、备用的电池等，比较重，平常不会经常拿取，就放在最底层靠背部一侧，外围的缝隙可以填充一些衣物塞满；经常需要拿取的充电宝、手电等物品放在另一个小包，靠在顶层，外围可以放一些墨镜、纸巾等物品来填满空间。具体的模块化分类还要根据每个人自己的喜好决定，总之原则不变就行啦。

重点提一下帐篷，如果单独的帐篷太占位置，可以分开存放。我是把外帐放在头包处，杆子放在背包里面贴外侧，内帐则压缩一下和睡袋一起放在睡袋仓，这样就不会被帐篷占据大量的空间导致其他东西放不下，也可以买几个防水袋用来存放衣物以及电器。

格聂之行

本次活动最终成行6人，我、谢板眼、蚊子、大山、大勇、潘思强。我们选择在成都集合，租车前往理塘，第二天从理塘包车前往徒步路线出发点。现在的软件很方便，可以预先下载离线地图并且通过GPS导航，哪怕没有信号也可以完成记录与导航的工作。

当然一般的大型活动都会配有卫星电话方便与外界沟通。

重装徒步对于体能的要求很高，高海拔，高负重，长距离行走，不断变化的高度，都会给身体带来极大的压力，经常走着走着就和队友差开很大一段距离，一两个山头都是有可能的。这时候除了适当的休息，保持自己的节奏之外，及时联络队员也是非常重要的。

像这次徒步中，蚊子属于老驴跑得飞快，走着走着就能落一两个山头出来，结果其他队员走得比较慢，我们当天只抵达了岛岛河谷。本来预定的营地应该再往前走两个小时左右，当时死活都找不到蚊子，电话也没有信号，只能把希望寄托于明天继续前进的时候能够在下一个集合地点碰到蚊子，当时气氛很紧张，毕竟万一出了事很不好处理，而且人命关天。

庆幸的是第二天我们找到了蚊子，他确实走得比较快，并且提前抵达了营地在等我们。

第四天由于板眼哥的脚崴了，我和板眼哥提前坐村民的摩托车前往下一个集合地点做休整。山里的藏民都很好客，会邀请我们到家里住。虽然房屋简陋，但藏民也会尽量把更好的地方给我们腾出来，晚上也会烧菜给我们吃，非常淳朴。当时也在考虑要不要给点钱，但大家不想让社会上的风俗气息带进这世外桃源一般的隐秘角落，故而作罢。

抵达营地的第四天后，由于蚊子他们在过来的途中发现山上的积雪很厚，达到了齐腰深，推断后续的线路不理想，可能很难行走，所有人决定就此结束行程，返回成都。通过这次旅途我也初步接触了重装徒步。

累，是真累！

开心，是真开心！

海里

结束了山里的行程，按照计划准备考取潜水证书。由于国内的价格普遍偏贵，所以我选择了前往泰国涛岛考取证书，只需要四五千元就可以进行ow+aow联考。由于泰国落地签很方便，并且物价很便宜，好玩的东西很多，近几年越来越多的中国游客选择前往泰国游玩。而涛岛上大部分是外国人，中国人只占很少的一部分，算是泰国少有的没有被国人全面占领的地区。

不推荐国内的一个原因是很多地方的教学水准参差不齐，有些地方的教练随便教两下就给你发个证，非常不靠谱（PADI是教练负责考核，他们只负责给证）。

可能有些小伙伴不知道ow以及aow是什么意思，我大概介绍一下。目前全世界比较大的潜水组织就是PADI，PADI是国际专业潜水教练协会的英文缩写，他们对于潜水等级进行了详细划分，从基础的潜水员，到潜水教练、潜水长等，最基础的等级就是ow+aow，全称为OPEN WATER DIVER / ADVANCED OPEN WATER DIVER。

简单来说，ow能潜18米，aow能潜30米，所以一般直接考到A（aow）证，因为很多遗迹或者沉船的深度都超过了20米，当你考到A证之后，就可以自由自在地玩耍啦！根据PADI的规定，每次下水的时候你还需要寻找一个潜伴陪你一起下水,同时对于不熟悉的水域,应该聘请当地的向导带路。

如果你像我一样考了证之后一直没有机会自己去潜水,也就是FD(fun dive, 乐潜),过了半年之后还想下水的话,需要交几百块钱做水肺复苏的练习,也就是带你在泳池里重新复习一下。

关于潜水的一些细节,以及萌新应该注意的一些地方,有机会一起FD,哈哈。

(潜水视频)

金字塔里

潜水结束后，由于父亲和幸福草公司的关系比较好，他们要组织优秀经销商去埃及游玩，顺便就把我给捎上了，倒时差倒的那是相当难受。埃及的经历很有趣，坐了热气球，参观了卢克索的神庙，见到了金字塔等，当时也花费了很大的心思做了一期关于埃及的视频，基本上所见所闻都在其中，感兴趣的小伙伴可以扫描二维码观看。

金字塔里面我并没有进去，因为进去的门票很贵，而且据导游说里面没有什么东西，就是一条黑黑的走道，所以不是很推荐。

（埃及视频）

穷游缘起

刚刚结束埃及的旅行，正坐在家里整理视频，我妈就说，"你去穷游吧！""啥?穷游?你确定吗?""对啊，老师说让你去穷游。而且穷游这么有挑战的事情，你不觉得很有意义吗?""要多久呢?""一年吧。刚好你现在有空，如果等你以后安顿下来，就很难抽出这么长的时间了，你看国外的大学生不都有间隔年的做法吗?"

一百元穷游中国一年的计划就这么定下来了。至于一百元的金额，是因为之前有一个女生写过《一百元狂走中国》，我妈就觉得，"你瞅瞅别人家的孩子，一百元，还是女孩子，你是个男孩子，没有理由做不到。"果然是经典的"别人家孩子"，行吧行吧，你说一百就一百。

2019年12月底的时候大家都知道发生了什么事情,疫情毫无征兆地席卷了整个国家,人人自危,全部响应国家号召待在家里,以期躲过这场灾难。我的穷游计划自然也一并推迟,想等到疫情好转再出发。

如果在战场上突然被乱枪打死,可能你并不会很恐惧,因为一切发生得太快了;但如果是一个死囚,天天在监狱里数日子,甚至说不准什么时候就送你上路,那实在是一种煎熬,恐惧与担忧无时无刻不在侵扰着你。

当时我的状态就有点像死囚犯,一边盼望着疫情能够晚点结束,这样可以晚点出发,一边又盼望着早点结束,因为这个计划最终还是躲不过去。之所以觉得困难是对一百元出行的计划实在心里没个底,当时的第一站早早定下就是南京,上海到南京的火车票买最便宜的硬座也需要花费46.5元,难以想象仅靠50元如何生存,我心中甚至已经编写出了"论乞讨的一百种姿势""论如何死皮赖脸要饭吃"等诸多长篇大作,但可惜我脸皮有点薄,所以这种事情终归也只是想想罢了。

穷游的前期准备

为了出门不沦为乞丐,我在家中还是做了很多前期准备的。穷游出行,无外乎衣食住行,当然满足了基本要求之后,可能还要加上吃喝玩乐,毕竟光穷不游也不是一个交代。如果找个地方连着工作12个月,甚至还能攒点钱出来,岂不美哉?这好像不是我理解的穷游,出发前父母也严令禁止我在一个地方停留过多的时间。

首先来解决衣食住行。衣服自然不必多说，出门的时候带够就行，我大概就带了两套换洗衣物。食物对于我来说前期有点困难，毕竟只剩下50元的预算，但如果你不像我这样极端，实际上问题也不大，包子馒头也不是很贵，一碗面在大城市也就十来块钱，而我则是靠着辟谷的精神度过了前期，哈哈。

住是大头，虽然现在有很多青年旅舍的价格很便宜，但好一点的床位上到六七十元，就算再次的床位也在二三十元，我前期自然住不起这样的豪宅，所以打算另辟蹊径。

沙发客是我想到的一个方法，初衷还是很美好的，如果自己家里或者任何空的可以住人的地方，大家就把自己的房间资源放在网上，有需要的人看到之后就可以联系入住，而且完全免费。我在网上也逛了大量的帖子，其中确实有不少人依靠这样的方式走完了全国，他们依靠每到一个地方找一个沙发主来解决自己的住宿问题，甚至有的时候和沙发主关系处得比较好，还能一次性解决吃喝玩乐、衣食住行，完美的一条龙服务。怎么样？听起来是不是很美好？是不是想说，"哇，还可以这样的吗，我又可以了！"

别急别急，这个圈子的初衷还是很美好的，但奈何江河日下，日月轮回，这个圈子现在基本上也是名存实亡了。当你在豆瓣或者沙发客网上寻找相关的住宿信息时，有很多都是很老的帖子，新帖子也就零零散散几个。同时，如果你加那些沙发主的微信，你会发现他们大多数说话语气都有点怪怪的。

怎么样？察觉到什么了吗？没错，现存大部分的沙发主都是gay，我当时加了五六个沙发主，其中三四个都是。之前我的同学也有穷游过,他们在路上也尝试过沙发客的方式,并且也是通过沙发客网进行联络。当他们抵达沙主家中后,沙主非常热心给他们搞了一桌子菜,喝了一些酒。晚上他们睡得好好的,结果沙主就想要摸上他们的床,还好他们人多并且拒绝了他。

我联络了半天,好不容易联系上一个南京的沙主,聊了半天之后,发现还是一个gay。不过gay也有区分,他保证绝对不会做出出格的事情,并且发了身份证过来,同时他是一个弱小,所以我想着既然我不是强势的话,他又是一个弱小,应该也没有什么大问题吧,而且我挺好奇这个圈子的,所以就答应了下来,总算是解决了南京的住宿。虽然过程与结果都透露出一丝丝gay里gay气的氛围,但也无伤大雅。

行这方面还是得感谢伟大的祖国,随着科技的发展,现在人们出行的成本降低了很多,在城市之中你可以选择公交车,跨城你可以选择火车,有钱的话可以选择动车或者飞机,甚至就算是两三公里的路程,也有共享单车时刻为你待命,所以在这个时代,交通不再成为穷游出行的一大障碍,虽然我到南京只剩下50块钱,但咬咬牙两三块钱的交通费还是拿得出来的。

穷游期间的安全问题

之前被骗进传销好不容易才得以脱身,父母自然不希望这次旅程再出现什么意外,所以对于安全方面我们也做了很多充足的准备,主要有三点。

1.行程定位

为了防止男生出轨，女生会购买可以吸附在车底，并且实时追踪地理位置、移动方向的汽车定位器来监控，这样男生发地址过来的时候，她就可以知道对方有没有在撒谎。我也买了一个这玩意，嫌弃它的磁铁太重把磁铁拆掉后放在背包的夹层里面，父母都下载专属的App并进行绑定，就可以实时察看我的行进轨迹。

不要小看这个东西哦，如果我进传销的时候携带了定位器，父母就可以知道传销通过我手机发送的定位酒店不真实，从而判断出我处于危险状态。

可能我买的这个比较劣质，几个月后它就不工作了，但毫无疑问的是这个方法可以有效地规避一些危险情景。

2.辣椒水

担心自己的武力值不够？不用怕，辣椒水来帮你！秉持着国人特有的火力不足恐惧症，我这次买了两瓶，一瓶像口红一样大小的便于携带，一瓶大的放在背包里用作火力补充。上次进传销的时候我裤兜里揣的指虎在面对十几个彪形大汉的时候毫无用武之力，导致我这次打算另辟蹊径。

虽然我这次没有遇到什么危险，但辣椒水在家里逞了一次威风之后让我对它的威力非常肯定，强烈推荐带一瓶口红大小的，哪怕遇到一个壮汉也不用怕，我们是魔法攻击，他的物抗没有用。

3.对暗号

源远流长的古代手段永远是那么的靠谱，对暗号是非常管用的方式，也是我最为推荐的。之前进传销的时候也和父母有暗号，但版本太低级了，是由我本人发出特定关键词以及信号之后，父母才能够意识到，而我由于打电话联络以及发消息的时候被传销牢牢控制,所以始终未能发出信号。

但这一次,我与父母商量出了全新升级2.0版本,将以往的主动声呐改为被动声呐,由父母发出确认信号,我回复相应关键词进行确认,确保处在控制之下的我也能够发出正确的警示而不被察觉。

举个例子,这次出行商量的暗号是首先由父母提出"你鼻子好点了吗",因为我有鼻炎,所以父母问出这句话实在是再正常不过的一句家常问候,完全不会有人起疑;其次我回复"跟以前一样/跟以前差不多"以此来表示平安无事,因为你处在被控制的情况下,你不能够确保控制你的人会让你回答什么,不论他指示你回答好一点或者更糟了,你都成功地发出了预警信号并且没有被人察觉。当然你可以设计更符合自身情况的暗号,或者回答得更天马行空,让人猜不出来,例如,鼻子好一点了吗?回答"我的脸好多了",以此来代表平安无事。

Ok,以上就是为了本次出行所准备的安全措施,虽然它们没有经历过实战考验,但也能给大家带来一些思路,希望大家在出行的时候注意安全,享受旅程,比心。

上海火车站前，包比较重，有50斤

南京——出发！

　　在出发前我创办了一个公众号，叫"爱学医的旅行者"（现更名为"黑狼户外Explorer"），当时因为在家里看了好多倪海厦老师的视频，觉得很有意思，所以也希望在公众号上放一些整理过后的医学资料，名字就这么定下来了，至于拟人的形象选择的是《超能陆战队》里面的大白，比较符合人设，而且很萌啊，有没有。

　　同时，为了确定行程的出发时间，在母亲的公众号里面推送了一篇名叫《谁家孩子这么惨，一百元穷游中国一年》的文章，在里面确定了4月15日出发去南京。人类做什么事情都得给自己找个借口，当你公开发布了这样的文章，并且买好了车票，你就知道开弓没有回头箭，此次的旅程已经无法停止了。这时心里反而安稳了下来，盘算着接下来的流程与计划，担忧减少了很多。

出发前合照

那篇文章开启了赞赏功能, 截至今日, 一共有103个人打赏, 一共筹集了2440.79元。在这里也很感谢大家的支持, 是你们让我重新看到了这件事情背后的含义, 也在路上不断地鼓舞着我。当然为了100元的数据真实有效, 这些赞赏的金额我在路上并没有动用。

距离上一次坐绿皮火车有多久已经记不清了, 时过境迁, 再一次坐上了绿皮火车, 一个人从上海前往南京, 身上只有50元, 仿佛一切都那么的悲凉, 再看到坐对面的人抱着一碗泡面的时候, 衡量了一下自己的剩余财富以及火车上的物价, 悲惨地发现不是仿佛,而是就是那么悲凉,望着窗外的太阳,幻想着自己是植物一般进行光合作用,抵消一点点饥饿感,就这么晃悠着晃悠着到了南京。

南京虽然离上海很近,但我很少来南京,也完全不了解,主要原因在于我从小生活在上海,对于大城市完全无感;至于那些人文建筑与历史,可能还是太过年轻,我觉得自然的魅力更为诱人;选择南京也只是因为它是一个大城市,这样找工作应该会方便一些,同时也因为南京离上海足够近,火车票很便宜。

下火车准备前往沙发主的家里,买票坐地铁啥的也就一笔带过,大城市都一个流程。沙发主给的地址在一个酒店里面,互相见面寒暄了一下。我下午打算去美团看一看能不能做外卖小哥,所以短暂停留之后就出门了。奈何到了地方之后美团说起码得做1个月,而且车子你得租吧,房子水电得交吧,由于工作太过无聊,时间太长,所以我并没有选择这份工作,第一天就以毫无收获而终。

不管在什么地方找工作,只要是能做1个月,你的选择就会很多;但如果把时间缩短到以天为单位,你的选择就只剩下了那么几种,快递、保安、保洁、服务员等工作。我为了搞到第一桶金,缓解一下即将赤字的压力,准备第二天前往当地的劳务市场碰碰运气。

由于母亲的公众号里面开设了商城,在出发前也和母亲商量好了可以在里面卖一些东西作为对我的友情支持。最开始的时候,我整理了一整套倪海厦老师的视频资源,本来想免费分享给大家,因为信息时代说实话获取资料也不费几个钱,但为了穷游之后能有一定的经济来源，最终还是放上倪海厦老师的视频资料来卖，20元一份，也非常感谢所有购买过视频资料的伙伴给予我的支持。

虽然这样做稍微有一点点作弊的嫌疑，因为母亲的公众号本来人就比较多，放在她的商城里面肯定会好卖不少，但说实话卖这个资料真的没什么钱，每卖一个我需要单独加网盘好友进行分享，还是比较复杂的，卖了将近一年的时间，我一共才卖出去100份左右。但是在前期的时候，这20块钱也显得无比珍贵，当你身上只有50块钱的时候赚了20块钱，跟你有2000块钱的时候赚了20块钱，那种感觉是完全不一样的。

Ok，现在大家了解了我前期时间的另一个重要资金来源，当然光靠这个视频资料肯定不够支撑日常开销，所以找工作还是迫在眉睫的事情，毕竟工作包吃包住还有钱拿，岂不美哉。

天猫快递分拣日结工作

第二天前往南京的人才市场，基本上全部都是进厂的工作，按月结算，日结的工作很少，大多数都是干快递。这里放几张人才市场的招聘照片，仅供参考。

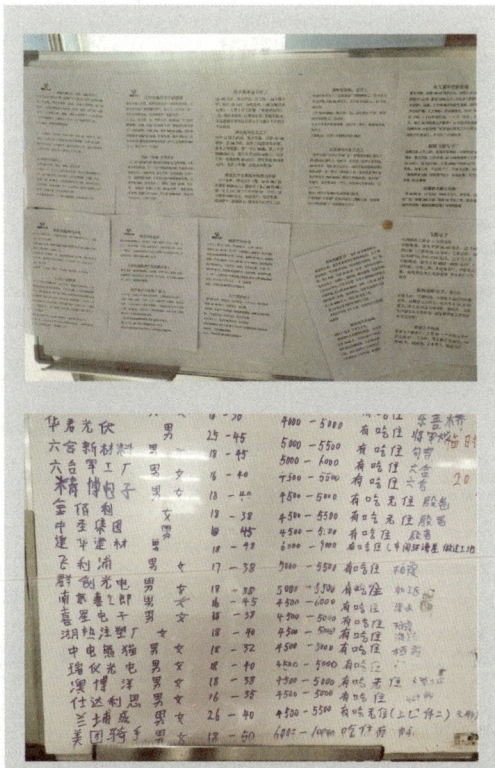

里面大部分都是长期的工作,进厂的生活也可以想象,逛了一圈发现没有什么心仪的工作。不过好在我早有准备,在斗米、赶集网、1010兼职网等平台上,经常会发布相关的兼职工作,实测下来1010兼职网是一个比较好用的平台,而斗米等网站则会充斥着大量手机工作、在家办公等虚假的招募信息。

现在的兼职工作比以往要好找很多,如果你加了专门做兼职中介的人士,他们会频繁地在朋友圈中发布相关的兼职,选择适合自己的兼职即可,类似下面这样。当时我看到一个天猫快递的兼职,感觉还不错,所以就联系中介报了名。

如果工作5天，一天12个小时，一小时14块钱，扣除中午吃饭的一个小时，理想状态应该是770块钱，5天之内就能把自己的本金往上翻8倍，如果按照50块钱来算的话，甚至翻了16番，四舍五入一下赚了一个亿，这岂不就是脱贫致富奔小康嘛，美滋滋，而且天猫是大厂肯定也不会有工资方面的问题。

第三天来到劳务市场的集合地点，路边的人很多，都在等车子来接人进厂，天猫的车子就是两辆白色的面包车。因为天猫有418的活动，所以他们会临时招聘一些工人帮忙，但毕竟是大厂，还需要面试入职等一系列的流程。

厂子在郊外非常地偏僻，规模非常地壮观，几十辆集装箱货车整整齐齐地停放在仓库两边，装货卸货。下车之后所有人被带到房间里进行挑选，主管是一个微胖的中年人，一开始他挑了一些中年人，我们都以为这些人是不要的，毕竟年纪大了，但谁想到主管说就要这些中年人吧，剩下的人可以走了。

带我们过来的负责人求情，道："要不再多挑一点吧，说好的20个人你这也没有挑到啊，你让那么多人都回去不好交代啊兄弟，大家大老远跑过来一趟也不容易。"主管又随意挑了几个，最后打量了我半天说就你吧，我得以惊险过关。如果面试不上意味着打道回府，已经离开了沙发主那里，所以没有住的地方，吃饭的问题也要解决，还有来回的路费，怎么想都是非常艰难的事情，但所幸结局不错。

在大家与负责人不断求情之下，后来又陆续挑了几个人，这样今天过来的大部分人都被挑出来了，剩下的少部分同伴，负责人也很好心地帮忙安排看有没有其他的活儿给他们干。

　　已经被挑出来的人第二天入职，上午办入职手续，下午去寝室。在忙活了一上午之后，终于搞定了所有的手续。虽然还没开始工作，但我们也有午餐的福利，这对已经好几天靠着精神食粮度日的我，无疑价值千金。由于疫情原因，厂里的餐桌用纸板隔开了，虽然纸板上面油渍无数，虽然工厂的饭餐不那么精致，我还是感动地吃下了两大碗米饭。

　　工厂与员工宿舍不在一个地方，每天上班会有工厂大巴来接送，大概10分钟的车程。下午抵达寝室之后，需要上交15元日结押金，50元住宿押金，3元房间电费，让本不富裕的我雪上加霜，还好依靠着前两天卖出去的两套视频资料，总算得以支付押金。日结押金是在微信报名做这份兼职时候交给中介的，中介在发工资的时候会一并返还。

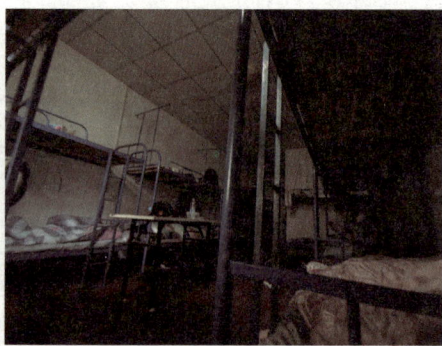

看起来工厂的饭菜也没有那么糟糕，对吧~

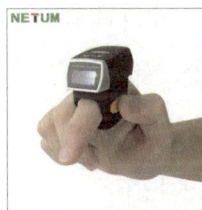

扫码器　　　　　扫码工作台

　　郊区工厂的集体宿舍条件自然算不上多好，12个人的寝室，铁板床上下铺，哪怕是正式员工也是这待遇，打零工的自然不好挑剔什么。被褥床铺厂里也是不可能提供的，来打临工的大多数都早有准备，个个拖家带口，锅碗瓢盆一应俱全。

　　我没有想到被褥这一茬，不过本来已经为露营做了准备，防潮垫一铺，睡袋一裹，也就将就着睡了。寝室里有个人没有带被褥，也不肯花钱买，还是宿管的阿姨可怜他给了他一床，最后我们坐地铁回城，他车票钱拿不出来，还是有人帮他出的，这操作就很迷。

厂子里管得很严，中午12点需要登记钉钉，坐车扫码，进厂需要上交手机。厂里面类似于一个大型超市，每一种物品都是几百箱几百箱的成堆摆放，有专门的工作人员拿着货物清单从货架上取货放到木托盘上，不论货物的大小，每一个托盘上只放四十件商品，随后所有整理好的托盘都会集中在一个区域方便拿取。扫码的工作人员会用手叉车自己把木托盘取走，40件一个托盘也是为了方便扫码人员进行计算。

扫码人员拿回货物之后，自己搬到工作台上，用随身的扫码器扫描包装，五六秒就可以搞定一件，效率惊人。如果节假日比较忙，天猫就会聘请一些日结工来辅助工作，我们的任务就是帮他们把货物从叉车上搬到工作台上，没错，就这一个任务，当你一天要搬几千件的时候，就不会觉得很轻松了。

"欸，你们一天能扫多少件？"我问一起搭伙的扫码员。

"也就3000多件吧，我算扫得慢的，快的他们最高一天能扫4000件。"望着同伴上下纷飞永不停歇的双手，一切都仿佛本能一般，甚至他还有闲心和我聊天。

既然他有闲心聊天，我索性继续问下去，"那你们工资有多少？应该不低吧？"

同伴努了努嘴，"嗨，什么呀，低得很，一件就只有七分五厘钱，不过你一个月如果扫到三万件，每一件就会给你一毛二分五厘钱，也算是个激励吧，拼死拼活也就六七千块钱吧。"嚯，怎么这机制跟汽车销售这么像呢，实际上在我们平常的生活中，已经很难见到厘这个单位了，甚至一毛钱也是很少见到的。

　　"那你扫慢点呗，也能拿个五六千块吧，何必那么辛苦呢！"我劝解道，主要是我此时已经有点上气不接下气搬不动了，谁来告诉我为什么全是安慕希！这么喜欢喝安慕希的吗！

　　"哎，养家糊口讨生活呗，赚点钱不容易。"一时间大家都陷入了沉默。

　　累死累活地在厂里工作了3天，扣除了休息时间一共31个小时，14块钱一个小时，最终赚到了434块钱。虽然一开始说工作7天，后面高峰期过后，厂里就不需要那么多人了，也就提前结束了工作。

　　第一笔钱来之不易，身上有了点钱之后的我心里也不是那么慌了，但高强度的重复工作也让我对快递分拣敬而远之，接下来的一年都没有再尝试过这样的工作。

　　既然到了南京，自然要去著名景点逛一逛，不过首先要解决住宿的问题。之前的沙发主出差去了，问了一圈之后，在我的再三请求之下，在工厂一起工作的张成博很好心地收留了我，一开始他其实是拒绝的，因为他家地方不大，没什么地方可以睡，想着打地铺也没关系的我死皮赖脸地跟了过去。

　　转了三四次车之后，终于抵达张成博的家中。十几平方米的房间他和母亲一起居住，本来就不大的空间塞了两张床一张桌子，中间的缝隙勉强可以过人，确实连一个打地铺的地方也没有。张成博解释道最近他母亲刚好出去上班，这两天不会回来，你可以睡在我的床上，我睡我妈的床就行了。感激地谢过之后，我总算是有个安顿的地方，这种时刻总是让人不禁感慨人性光辉的一面。

随后两天我去了南京大屠杀纪念馆以及中山陵，由于我对历史不太了解，以及专注于大自然的怀抱，故而最直观的印象居然是中山陵的楼梯真的长。

值得一提的是，我本来打算去批发市场看有没有合适的小物件可以拿来摆摊，结果到了地方所有的商家正在处于歇业状态，全部聚集在广场上要求解决问题。因为疫情的原因，很多实体店家的日子并不好过，批发市场这些靠人流量吃饭的小商家自然也没有收入来源。房租对他们来说就是沉重的额外负担，故而要求商场方面减租两个月缓解压力，令人唏嘘不已。商家们的口号也就是简简单单的一句"减租两个月"，却道尽了他们的处境。

第二天张成博的母亲比计划提早回到了家中，不过阿姨还是非常友善地收容了我，给我们做了一顿非常丰盛的家常菜。我在外面晾衣服的小亭子中勉强搭了个帐篷度过了一晚。

南京逛了两个景点后，我也没有继续逛下去的欲望，有趣的景点大多数也需要门票，自然不可能白白浪费自己的存粮，准备盘算着前往下一个地点。

第一次搭车出行

一直听说搭车出行的方式很潇洒，我打算效仿一番，主要是囊中羞涩不得已而为之。告别了张成博一家之后，在南京找了一家青年旅舍稍做休整，一晚花了36元，随后买了馒头、辣酱、记号笔，为第二天的搭车做准备花了24元。此时我的家产增加到了500元左右，看起来不多，但相比最开始的时候情况已经好了许多。

离开工厂时的合照，红色衣服的是张代博

　　因为出行的时候只计划了大概方向，并没有实际的目的地，在地图上找了一圈之后，发现南京北面有一个洪泽湖占地面积非常大，想着去湖边买点吃的露营几天岂不是美滋滋，于是计划往那个方向走。

　　我在搭车的前期查了大量的相关攻略，基本上都是在高速路口的服务区或者加油站搭车，这里成功的概率会更高一些。所以第二天一大早，我就坐公交车前往郊区服务区。上午9点钟左右抵达了服务区, 周围地貌比较荒凉, 我想着就算运气再背晚上也能在这里过夜, 不过事实证明搭车的成功率还是很高的。

牌子一竖, 眼睛一闭, 听天由命。因为我脸皮不是很厚, 牌子竖起来的时候感觉脸上火辣辣的, 相信很多人也不太好意思去搭车。但过了几分钟, 当几百辆车子从你身边呼啸而过什么反应都没有的时候, 你也就慢慢习惯了这样的感觉, 脸上一直火辣辣的也不是个事儿。

等了一段时间后, 基本上每100辆车中会有1辆停下来询问是否需要帮助, 果然好心人还是很多的, 这给了我很大的信心, 但始终没有方向合适的。旁边的人建议把目的地写在纸板上, 这样说不定会更快些。

事实证明, 这样会更慢, 因为原本那些打算停留下来问你的好心人, 可能因为目的地不同就不会询问; 但搭车很多时候不太可能目的地刚好相同又愿意载你, 基本上都是一段段顺过去的, 所以写目的地是一件很愚蠢的事情。

我本来在地图上看了一圈, 离洪泽湖比较近的大城市是淮安, 对地理也不是很熟悉的我, 搭车的时候一直说要去淮安, 但直接去淮安的人很少, 一直没有搭上, 甚至因此错失了一辆奔驰。

等了将近1个小时, 有一辆小三菱车开了过来, 车主要去夏邑, 他说会路过徐州可以把我放下来。看了下地图, 徐州旁边有个微山湖好像也挺大的, 想着去哪个湖都一样的我自然欢天喜地地答应了。

路上具体聊的内容时间久远已经模糊不清, 只记得车主是一个健谈开朗的大叔, 接我上车的原因也很简单, "嗨, 在外面讨生活都不容易",大叔如此说道。

在路过徐州的时候大家都傻眼了,高速直接在路过徐州的地方拐了个弯直直奔着夏邑而去,根本没有下车的地方。大叔问道,"小伙子,现在你打算去哪里?"耸了耸肩回答道,"那就只能先去夏邑咯,麻烦大叔了。""嗨,没事。"

下午三四点抵达了夏邑,大叔婉拒了我想要到家里借宿一晚的请求,可能是家中的妻子会有意见。谢别大叔之后,一时之间不知道自己该做什么。仔细看了下地图,发现夏邑离郑州距离很近,我的二舅刚好就在郑州,决定去二舅家蹭吃蹭喝几天顺便再打一些工,弥补一下贫寒的家境。

难忘的一晚

敲定了目的地,接下来需要解决的就是住宿问题。夏邑不大,是一个镇子,但镇子上住宿一晚基本要大几十块,自然不舍得花钱住旅馆。在附近的小巷子里找了一片空地准备搭帐篷过夜,提前带了馒头也足以撑过今天。

好巧不巧,有人过来说这里晚上要过车,能不能挪个地方。旁边有个小围墙,矮墙的旁边是几栋公寓,矮墙只建了一小半,位置很大不会影响过车。此时我已经搭好了帐篷,但为了不影响过车,我还是和大哥把帐篷搬起来挪到了矮墙的墙旁边。

此时天色渐黑,刚刚钻进帐篷的我正在收拾行李,听到有人在外面议论纷纷。过了一会儿有人喊了句,"帐篷里有人吗?"我一脸蒙地拉开了帐篷,"您有什么事情吗?""额,你是外地的吗?""是啊,我从南京过来的。""是这样的，我们这里是一个小区，不允许外来人口进入。""我有绿码啊？""绿码也不行，我们这里是个小区。"转头望了望还没建完的围墙，"我不认为这是一个小区，你们连门都没有，况且只是在这里借宿一晚，又不会影响你们。""我不听你这些！总之你不能在这里住！"我的脾气也上来了，"凭什么不让我在这里住？这又不是你家里，我又没犯法。""反正你不能在这里住！"

索性不说话，把帐篷一拉两耳不闻窗外事，但周围人议论的声音丝毫没有停止，反而愈演愈烈。委屈感与羞辱感，一下子全部涌上了心头，怎么止也止不住，不禁开始反思为什么会沦落到这个地步，穷游究竟有什么意义，何必自讨苦吃带着100块钱就出来，越想越心酸，越想越憋屈，自长大以来很少哭泣的我也忍不住发泄了一番。

给父母打电话倾诉了一番之后心情也稳定了许多，父母无非就是安慰了一下，加了加油，提醒说在外面不要与别人起冲突惹是生非。总之事情终归要面对，随着时间的推移，外面看热闹的人少了很多。天色已黑，只剩下刚才叫嚷着说要找警察过来的人，估计是看天色已晚，帐篷里也一直没有动静，跟一个不说话的帐篷叫嚣也着实无趣，再次证明了自己有绿码是大大的良民之后，也嘀嘀咕咕地离开了。总算有了一个较为安稳的夜晚。

如果说这一年穷游什么时候最艰难，最心酸，毫无疑问是最开始的这段时间，人生百态，个中滋味只有自己知晓。

第二次搭车出行

第二天天亮收拾帐篷准备出发。虽然离郑州只有几十公里了，但搭车变数太多，不能确定再在路上要花费多少时间，随意啃了一些馒头后，搭公交车来到昨天下高速的地方，老样子竖起了牌子。

中途下了点小雨，等了将近两个小时，一辆大货车的老哥愿意载我一程。人生第一次坐大货车的感觉自然是奇妙无比，视野很广，座椅也很舒适，体验感一级棒，除了在车上要扯着嗓子说话以外，没什么毛病。老哥拉了一车废铁，要先到一个地方卸货，随后再去新郑，自然没有任何意见。

好像老一辈的人对于历史都是知识渊博，从远古黄帝聊到改革开放，对于历史一窍不通的我也只能默默听着插不上嘴。除了历史以外，我们也聊了很多关于大货车的趣事。

大货车小趣闻

普通的货车三四十万元一辆，半挂车则要贵一些，车头三四十万元，车后面的挂体也要十几万元。其中车头和挂体的牌照是分开的，方便货车司机在一个地方卸货之后可以快速换上另一辆挂车继续出发。

货车司机的接单跟跑滴滴很类似，他们也有专门的接单软件，可以自己选择接什么单，拉什么货物。但在大货车司机之间也流传着一句话：打死不拉卷，饿死不拉钢。因为这两样东西重量非常巨大，一旦在高速上出了什么事情，驾驶室很容易被压扁，生存概率很小。货车司机最喜欢的单子无异于生活用品，类似纸巾之类的。

国外的货车在电影中大家可能见到的也比较多,都是类似于擎天柱那种款式的车头,非常长,但国内的车头则非常扁平。造成这样巨大差异的原因在于两国的道路空间不同,美国的道路空间非常辽阔,车子不多,中国虽然道路也不窄,但货车实在是太多了,所以不得不采用更节约空间的方式。从舒适性来讲,肯定不如美国的货车舒适,毕竟中国的引擎直接塞在了座位底下。

前往郑州

说回正题,一路上聊聊天很快就到了大哥准备卸货的地方。看了看地图,发现镇上已经有公交车可以坐到郑州,大概需要4个小时,此时正值中午,时间还早,想着和老哥就此别过。"欸,不着急嘛,我待会要去新郑,卸好货之后就一起把你送过去嘛。"盛情难却不好推辞,对行程也不会有太大影响,就答应了下来。

跑货车的都很辛苦,经常在车上过日子,日夜颠倒也是很平常的事情。有些货车司机拖家带口,媳妇老公一起上阵,也算是其乐融融;有些司机不舍得妻女随自己奔波,选择独闯天涯;当然也有相当一部分是单身族。路途漫长总免不了寂寞孤独,找个人解解闷是相当不错的选择,所以很多货车司机愿意带人上路,搭车的成功率自然很高。

陪着老哥卸完了货,准备上高速,离高速入口仅只有一公里的路,硬是被货车塞满了,从中午12点硬是堵到了晚上6点,整整6个小时,实在是煎熬。老哥看堵得这么久,也很大方地分享了便当——变蛋(其实就是用做皮蛋的方式来做的鸡蛋,没有皮蛋那么臭啦)。

老哥非常热情地给我连塞3个变蛋1罐啤酒，禁不住开始感慨：我们以前下农田干活的时候，午饭就塞几个变蛋，渴了就喝罐啤酒，那简直是快活似神仙呐，哈哈，现在也挺好。

上图：变蛋
下图：高速路口堵车

体验了一回当地的土特产之后，晃晃悠悠地终于轮到了我们，从晌午一直等到太阳落山，着实辛苦。好不容易上了高速，老哥告诉我还有5分钟就到了。虽然很想吐槽，早知道就坐公交车走了，但事已至此也无力回天，下了高速之后还是非常真诚地感谢了老哥的帮助。

望着周边的车来车往，刚下高速路口周边也没有任何可以住宿的地方，得，又是住帐篷的一晚上。按照地图导航，走几步来到了高速路旁边的一个小花园，夜色一黑，搭帐篷也不那么显眼了。临睡前想上厕所，离旁边几百米加油站就有，此时无比羡慕两个人出行可以互相照看，以百米冲刺的速度解决后，还好东西还在原位一切完好。

一夜无事。（下次再也不选高速公路旁边扎营了，而且旁边还有个高铁线，啊啊啊，我的耳朵！）

植物园做保安中……猜猜这张照片怎么拍的，没有人帮忙哦哈哈

郑州——植物园的小保安

　　第二天一早，按照导航提示准备坐公交车前往郑州。路上遇到一家非常偏僻的早餐店，还是忍不住破费了一番，1块钱1根油条，1块钱1碗豆浆，两块钱1碗胡辣汤，一共4块钱解决了早餐。俗话说得好，五星级酒店的美食都是骗傻老外的，中国的美食都藏在这种街边小吃里，胡辣汤实在是好喝。

美味胡辣汤

我的二舅

母亲是家里最大的，有两个弟弟。我与大舅接触的不多，大舅是非常和善的人；而二舅则更加富有冒险精神，早在母亲上大学的时候，那时候经济还没有那么发达，选择穷游或者出行的人也不是很多，二舅竟然瞒着家里偷偷跑去西藏玩，而且是搭车过去的。

二舅的冒险精神远不止于此，他还尝试过很多次创业。早前在户外公司工作的时候认识了二舅妈，喜结连理。不过有一次在上海搬画的时候，因为画很沉，走的还是楼梯，一不小心把腰给闪到了，一些剧烈的运动都做不了了。

最近几年来，二舅一直在尝试各种各样的治疗方式与偏方，希望能够让自己的腰得以好转，有一些有效果，但还没彻底治愈，所以二舅经常跟我嘱咐"在外面一定要多注意身体，身体垮了一切都没了"。时也命也，虽然这对二舅的打击很大，有的时候他也会很伤感，但更多的时候是在积极面对，希望二舅早日康复。

郑州的工作

二舅腾出了阳台，放了一张木板床作为我临时的小窝。在外面飘荡了几天之后回到如此亲切的环境中有点感动，当然当务之急还是得想办法增加财产。老样子，1010兼职网，加了几个中介的微信，就有了很多的兼职可以选择。

一般来说，在兼职群、朋友圈一直更新兼职信息，就是比较靠谱的兼职中介。当然也有一些骚操作，有些人会花几百块钱买个微信号，然后在同一时间内发布大量的兼职信息，信息是真实的，雇用方也是真实的，但等到打工雇用方给完钱之后，直接把微信号一删跑路。

先是找了一个打扫地下车库的工作，说是8个小时80块钱。有打扫车很轻松，但实际上这并不是一份很好的工作。所谓的地下车库指的是刚刚装修完的，房子都没建好，车库里面灰很重，就算有清扫车但灰尘依旧满天飞，对呼吸极其不友善；同时地下车库里面大部分区域没有通电，只能看得到清扫车脚底下的一块地方, 体验感极其不友好。

最后忙碌了4个小时就收工了, 因为时间过短所以只算了半工, 也就是40块钱, 实在是一份吃力不讨好的工作。

除了打扫的工作, 兼职也并不全是体力活儿, 有很多类似于注册就给一块钱, 或者是微信帮忙认证解禁一次70元, 等等, 这些活儿比较烦琐但胜在不用干苦力, 以及一些要求去现场听讲座与话务员的兼职, 这类兼职我也零零散散地做了一些, 赚了几十块钱, 聊胜于无嘛。

随后我在郑州植物园做了5天保安。因为郑州人口很多, 所以劳力成本很低, 75元做一天8小时, 当然这是中介给出的价格, 中介要赚钱自然会从其中抽成。但是不光有一级代理还有二级代理, 一级代理给出的价格往往更加诱人, 这次我找的是一个二级代理, 在工作的时候问其他人才知道他们的工资都是八九十块一天。

觉得略显不公的我找代理理论, 没想到竟然还真被我要回来5块钱, 5天下来就是25元, 也算是一小笔收获。如果想要找当地的一级代理, 做日结的时候问一问同伴, 互相比对一下工资, 哪个工资高就加哪个中介的微信, 通常那个就是一级代理人。

这份工作是包吃包住的, 但因为我住二舅家中, 就不需要住宿的福利了。每天中午的伙食可以明显体现出南北方的区别, 南方都是米饭, 而在郑州的主食天天就是凉粉、炒面、馍馍。

植物园伙食

保安的工作和想象中的并没有太大出入,指挥一下车子,防止不要堵塞,维持园区的秩序,等等。其中还出现了一些小插曲,有一次领班叫我守在一个路口不让卖冰淇淋饮料的进来,因为园区规定不允许外来人员进园贩卖物品,之前也警告过他们很多次了,但就是屡教不改。过了一会儿我正在数树叶,他们又大摇大摆地从眼前晃了出来,虽然不想多管闲事,但考虑到领班严厉下达了禁行令,还是追上去想要提醒一下他们。

"Hi,你好,这里不允许卖东西的进来。""呦,这是谁啊?凭什么不让我们过?"车上下来一个带着金项链(也不知道是不是真的)、文满文身的中年男子,身材并不健硕,只是看起来很社会。

"我是保安,这是园区的规则。""切,我们走。"追上去再一次拦了下来，"园区里不允许贩卖物品，麻烦你配合一下。""×××，还有完没完的是吧！"说完就下来想要动手动脚。我握住了他的手腕，强调道，"你确定你要跟执法人员动手吗？你这样是犯法的！"可能对于"犯法"俩字比较敏感，他嘀嘀咕咕把手松开，转身上车也没有再理睬。无奈我只能一直跟着，过了一段路其他保安看到之后上来劝解，"欸，你跟他们较什么劲呢，那些都是社会闲杂人员，到时候真跟你磕上了讨不了好的。"

别看前面说得轻松，心里还是直打鼓的，以为只是一次正常的警告对方就会回去，现在逐渐发展到与社会人进行火拼，不想事态升级的我自然是顺水推舟，回到自己的岗位上去了，领班过来了也有个交代。

PS：

我这波属实头铁，请勿模仿，在外还是秉持安全第一，尽量不要与人发生冲突。

就这样有惊无险地度过了5天的时光，保安实在是一份消磨意志的工作，除了无聊还是无聊，最后一共赚了400元。到目前为止，我的小金库已经突破了1000元大关，算是挺过了最艰难的时期。

浙江——摄影师的助理

本来打算在郑州再找几份工作充实一下金库，但一份意外到来的邀请打破了原先的计划。陈维忠叔叔是专业的摄影师，原先在学校也帮忙拍了很多照片，那角度、那曝光、那虚化，老法师无疑了。

叔叔在4月29日说，5月初有一个建筑的摄影项目需要助理，问我想不想来。本来我和叔叔只是在学校有一面之缘，外加上我对摄影只是一个半吊子，觉得不能很好地胜任这份工作打算拒绝，但叔叔非常热情，觉得这些都不是问题，我也就厚着脸皮答应了下来，得以一窥摄影师的日常生活。

项目在湖州安吉，刚刚从上海跑到郑州的我，又兜兜转转回到了上海附近。5月9日告别了二舅一家前往湖州安吉，陈维忠叔叔大手一挥包了来回的车票钱，出来了一段时间深知来钱不易的我还是选择了硬座出行。

时间晃晃悠悠地来到了5月10日，约好在安吉汽车总站与陈维忠叔叔碰面。叔叔实际上还带了一个工作室的助理，本来已经订好了酒店打算直接去入住，谁料因为他们是从深圳过来的，恰巧那段时间深圳变成了重灾区，故而被拦截了下来，需要去专门的酒店做核酸检测，确认无误之后才能放行。

当时检测一次需要230元，吃住免费，检测时间在24小时到48小时，检测报告的有效时间是7天，酒店的环境总体来说还是很棒的。

无奈之下，我只能一人先行前往酒店。这次的项目是房地产公司委托的，帮忙拍摄售楼处的内景与外景，拍摄时长为两天。一般抵达的时候摄影师会对场地进行踩点，对照建筑图纸，预估拍摄的各个角度，估算一下光线的情况做出拍摄计划。

由于这次特殊情况，叔叔无法抵达现场进行察看，故而我承担了一部分现场勘察的任务。抵达现场后，售楼处一共两层，我先拿手机拍摄了将近100张照片，其中叔叔还要求把各种物件的细节拍下来，因为拍摄的时候可能会对物件进行移动，这样方便后续把物品归位。这里放几张最后的成片，可以对建筑有个大概的了解。

最后的成片

第二天早上10点左右，核酸报告一切正常，叔叔得以从酒店赶往现场。在对现场进行初步勘察之后，按照昨天提前在图纸上标示好的角度进行拍摄，甲方分别请了两个摄影师来负责拍摄，我们专门负责拍室内，另外一个摄影师专门负责拍外景。

由于内景对于天光的要求不高，故而我们拥有了更多的拍摄时间。在拍摄过程中，助理的主要工作就是打杂，例如，把物品挪开并归位，以及开关灯等工作。这些工作虽然烦琐，但对于最终的成片影响巨大，一张好的照片是由无数的细节铺垫起来的，歪掉的枕头、墙边的垃圾桶、书架上的木炭包，等等，都非常影响照片的美感。

除了整理杂物，还需要帮忙拎包以及换镜头。如果说拎摄影师的包有什么感受，那就是提心吊胆，每一个镜头都是红圈（代表佳能L系列镜头，属于顶级系列），各种移轴镜头、长焦大炮、大三元等一应俱全，一个镜头一两万元，一包镜头就十几万元，这要是摔一下直接心肌梗死。

不过，叔叔对此倒是没什么感觉，"啊，那个偏轴一万多一个吧，摔了好几个了，不经摔。"小了，格局小了。

空闲的时候，叔叔也会给台机子让我练练手，其中最好玩的镜头还是移轴。移轴镜头主要是用来纠正透视变形与改变焦平面位置，太过复杂一时间讲不清，感兴趣的小伙伴可以自行百度，实际上我也只搞懂了纠正透视变形。

自己用来练手的照片

在拍室内建筑的时候，都有一些常规的套路与角度，这些角度都是比较容易出效果的。在拍完这些常规的角度之后，叔叔还会进行一些自己喜欢的创作，换一些独特的角度进行拍摄，例如，把摄影机吊得很高进行俯拍，等等。

虽然项目报酬不低，在1万左右，但摄影师无疑也是非常辛苦的一个行业。为了获取最好的光线，例如早上5点钟天亮，摄影师就需要在3点钟起床，提前抵达现场整理物品，卡着点进行拍摄，如果去得晚了太阳升起来很多，就错过了窗口期。一天的运动步数在两三万都是非常正常的事情。不过好处还是有的，那就是可以欣赏日出。

工地日出

摄影ing

炸机——航路千万条,安全第一条,驾驶不规范,钱包泪两行。

我这次出行带了一台御2,本来想拍一些风景,这次刚好可以派上用场,可以看到售楼处的周围全是正在施工的工地,有很多钢筋、水泥与吊车。众所周知,大疆的避障对于平面的物体还好说,但对于水面以及细长的管状物,有跟没有差不多。

当天黄昏的时候本来打算拍个外景,楼顶上有一台塔吊正在旋转,默默地降了一些高度,结果"砰"的一声一路火花带闪电,"GPS信号丢失,图传信号丢失"。匆匆忙忙在施工的工地找到了飞机的残骸,第一次炸机的我还是比较紧张,感觉一万多元就这么打了水漂,好在购买机子的时候买了京东的保险,虽然走售后手续麻烦了一些,但比大疆的care会便宜一些。第二天寄去大疆售后定损维修,最后花了2000多块,当然这笔钱大部分由京东赔付了。

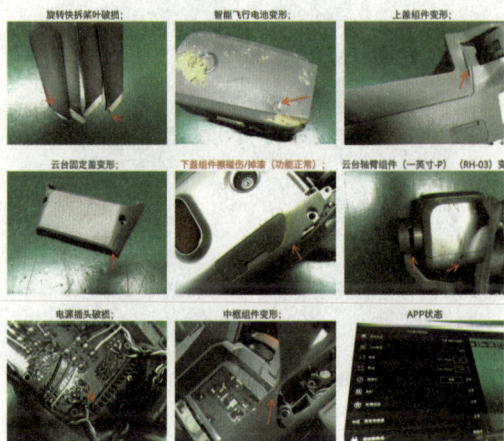

定损图片:图片仅显示存在明显外观损坏的部件,详细信息请以报价单为准

在拍摄途中我们也碰到了负责拍外景的大哥，是一位真正的老法师，一个人带了5台机子，效率极高，一天搞定所有场景，出片率还非常感人。

两天的拍摄时间很快就结束了，也了解了很多有关摄影师的日常工作，非常感谢陈维忠叔叔能够提供这样的机会。

在汽车站分别

与姥姥、姥爷的合照

山西——第一次自产自销

结束了安吉的行程之后，不愿意在南方继续逗留的我，自然要重新回到北方的路线上。父母建议我可以回老家看看，因为1岁的时候就来到了上海，实际上和姥姥姥爷见面的机会不多，过年回家很多时候回的也是父亲的老家。这次既然有机会，回老家看看也是应该的，当然你要说我不想蹭吃蹭喝那还是有点违心的。

姥姥姥爷的故事我了解的并不多, 很多只言片语也是从母亲那里听到的, 但毫无疑问他们非常恩爱, 说白头到老相濡以沫也不为过, 勤勤恳恳过了一辈子, 现在也算是可以安享晚年。这么一看我好像不应该去打扰他们才是, 不过姥姥姥爷对于外孙的到来自然是无比的欣喜。

如果说在姥姥姥爷家有什么有趣的内容, 那毫无疑问就是地道的山西美食。"喂喂喂, 这不是穷游的节目吗?""你说啥?我听不清?""这不是穷游的节目吗?""啊?这是舌尖上的中国。""那没事了。"

咳咳, 欢迎来到舌尖上的中国。众所周知, 山西是煤老板的天堂, 美食家的乐土, 除了猫耳朵、栲栳栳、各种各样的蒸面炸面煮面拌面以外, 还有一些特色的小吃鲜为人知。今天我们节目组就向大家介绍一下地道的山西小吃, 有请我们的一号选手——炸糕。

炸糕由黄糯米加上红枣与红豆制成, 亦可以用芝麻与白糖的馅料, 口感甜而不腻, 纵享丝滑。我更喜欢红枣与红豆馅的, 每次回山西, 母亲总要带一大包炸糕回家慢慢吃, 可以说是居家旅行必备美食。

炸糕制作ing，旁边那罐是油，用来封口沙

炸糕成品

好的，虽然一号选手的发言略短，但从图片当中我们也可以领会到其中的魅力，没有吃过的小伙伴不容错过。接下来的选手是沙棘汁与碗秃。

沙棘汁由沙棘榨汁而成，沙棘俗称醋柳，酸溜溜，酸甜可口非常惹人喜爱，在其他地域如果你去类似莜面村或者山西美食的饭馆，你总能看到沙棘汁的身影。当然真正的沙棘汁喝起来很酸，餐馆里的沙棘汁一般都加了很多糖。在山西比较出名的沙棘汁品牌是维仕杰，在淘宝网上也可以买到，有兴趣的小伙伴可以自行搜索。

因为资金不是很充裕，所以在老家也想办法怎么卖点小东西。我自己本来也挺喜欢喝沙棘汁的，所以想着能不能找到沙棘汁的厂商做一些代理，通过瓶身上的联系方式以及网站上的介绍，还真被我找到了，可惜的是因为我不能确保销量，导致价格一直下不来，谈下来的价格确实比市面上的零售价要便宜，但算上运费则远远超出了零售价，故而打消了这方面的打算。

维仕杰，果汁虽好，可不要贪杯哦，主要是容易上火

荞麦面疙瘩，当地人叫碗秃

还有就是荞麦面疙瘩,当地人叫碗秃,荞麦面煮熟之后凉拌,可能北方这样吃的多一些,在南方很少见到吃荞麦面疙瘩的。好评,一般在路边就有卖。

好的,沙棘汁和碗秃的表现让人眼前一亮,山西果然是美食家的乐土呢!接下来有请我们的最后一位选手,腌蒜薹。

腌蒜薹是我回老家的时候偶然尝到的一样下饭小菜,味道酸爽入口,非常开胃。当然这种腌蒜薹极具地域特色,因为山西的醋在其他地方很难买到比较正宗的,泡出来的蒜薹味道自然不同。

由于公众号近几年取消了留言功能,为了方便交流,我建了一个微信群,当时在群里炫耀了一番腌蒜薹的美妙之处后,突然想到可以做出来给大家尝一尝,也可以扩充一下资金来源。在群里接龙之后,有不少人感兴趣,当然也有一部分是亲友支持啦,和姥姥姥爷商量了一下开始着手制作。

如果想要贩卖食品,首先需要容器,当时已经来不及在网上购买容器,和姥爷在孝义逛了半天也没有找到合适的塑料瓶子,只能在家中东拼西凑了几个玻璃瓶子,一共是6个大瓶子,1个中瓶子,3个小瓶子,当时的定价是大瓶子50,中瓶子40元,小瓶子25元。最后寄出去的时候有一个大玻璃瓶子摔碎了,所以给别人赔偿了50元。

腌蒜薹成品　　　　腌蒜薹ing

在山西姥姥姥爷家中的几天，大部分时间都在忙活蒜薹的事情，最后扣除运费以及赔付的费用，一共赚了270元，虽然不是一笔特别巨大的财富（对于当时的我来讲也算是巨款啦），但自己创造出的产品有人认可还是非常开心的事情。

好的，感谢最后一位选手的发言，虽然最后稍微有一点点跑题，但无伤大雅，不知道大家心目中最喜欢的美食是哪一款呢？这一期舌尖上的中国到此结束，我们下期再会。

河北——第一次参加义诊

在山西的时候，母亲问想不想了解一点针灸，因为她刚好有一位医生朋友，当时正沉迷于倪海厦老师的医学视频，有这样的机会自然不容错过。河北与山西还是有一定距离的，故而需要解决交通的问题。

第三次搭车

之前稍微尝到了一点搭车甜头的我，这次自然也不例外，想要尝试搭车前往。通过高德地图导航选择驾车模式，从而找到最近上高速的路口,第二天准备乘坐公交车前往。

高速路口离孝义有点距离,公交车是那种跨城镇的小车,由于很少有人在中途下车,公交车司机接到伙伴通知前方堵车后就换了一条道路,眼看着离地图上的导航越来越远,以为自己坐错了公交的我连忙向司机确认,解释后无奈选择离目的地最近的一个地点下车。

此时离高速公路路口还有3公里多,我身上的包有50斤重,一般来说是非常不情愿走路的,一咬牙一跺脚花了将近1个小时挪到了高速公路旁边。城际周边想要上高速的货车很多,老样子竖起了牌子看有没有好心人可以带一程。

事实证明大货车的司机永远是那么热情好客，基本上每几分钟就有一个大货车司机询问是否需要帮忙，我一时间信心爆棚，觉得很快就能搭上车，但两个小时过去了还没有搭上，原因是方向不一致。

后来经其他司机指点，得知自己选的高速路口更多的是前往银川等地，如果想去集合点的话，需要前往另一个高速路口。我看了下地图，发现又是一个3公里，深知在这里就算等一天也搭不上，不如动身前往另一个路口。正值中午，太阳非常毒，花了半个多小时好不容易拐到前往高速公路的入口，发现离入口还有两公里的地方已经完全被堵死了。

此时被大包压得体能接近极限的我有点小小的崩溃，坐在路边思考人生5分钟决定打道回府。时间已经接近下午两点半，如果继续前往另一个高速入口搭车可能天色渐黑，以现在车流的前进速度，很难说能不能搭到车，回到最开始的路口搭车也希望渺茫，坐公交车回姥姥家是一个比较明智的选择。最终这一次的搭车计划还是泡汤了。

义诊跟诊

由于搭车失败耽误了时间，最后还是选择了坐火车前往，一共花了130多元。关于医学的具体内容在这里就不详细展开，我对于中医也停留在初步了解的阶段，贸然转述肯定会有错误的地方，感兴趣的伙伴可以先学倪海厦老师的视频入门。

其间有两次大型的义诊活动，一次是去村子里，一次是被医院邀请过去的。村子里来义诊的都是老一辈的人，腿脚不便，腰酸背痛，当然也有一些稀奇古怪的病。针灸讲究的是立竿见影，见效很快，通常辨症之后下针，让病人坐到一旁休息，留针20分钟到半个小时拔出后，再次询问是否有好转，大部分反馈都说有明显好转。

义诊不光光是对其他人的福利，对自己的医术也是一种修炼与提高，不断进行辨症积累经验后，应付其他症状才会更加得心应手。如果想要成为一名真正经验丰富的医生，义诊往往是迅速积累经验的绝佳方式。

而另一次义诊是在医院的神经内科，里面的症状比乡村里的老一辈要严重很多，轻度患者还能保持清醒与正常沟通的能力，重度患者则丧失了生活自理与表达的能力，身体也处于不受控制的状态，看着让人非常揪心。这样的情况下，针灸就起不到太大的作用，因为患者无法清楚地表明自己身上的感受，医生也就无从下手，扎下去也不知道有没有效果。

除了对针灸有大概了解外，还有一些有趣的活动。叔叔的儿子跟我同龄，比较喜欢机车，有一辆川崎四百，对于从来不玩机车的我来说，实在是大开眼界。骑乘的刺激感那也是非常的靓仔啊。同时机车也是泡妞的好搭档，因为坐机车的时候后座翘得很高，并且位置不是很大，如果乘坐的时候不牢牢抱紧前面的驾驶员，就很容易往后仰翻下车。什么？小姐姐就是不抱着你？那你只需要一个加速，基本上无论男女都会抱紧你的。

如果小姐姐摔了的话，咳咳，别说是我教的。

在乘坐的时候双方都需要佩戴头盔，一开始我以为是自行车那种头盔,没想到跟个大铁锅一样沉,视野不是很好,一直卡脖子,差评。

可以看到它的后座斜度很高

河南——
第一次尝试
义工旅行

义工旅行的注意事项

在这段时间中，我也一直在寻找可靠的旅行方式。虽然说打工一段时间再旅游一段时间来回交替也是可行的，但由于打工大部分都在大城市，而我对于大城市的人文景观也不是很感冒，自然觉得枯燥乏味，最终我还是选择了义工出行。并不是像之前交钱去孤儿院的类型，而是真正通过打免费零工来换取有趣的经历，义工出行在国外非常流行，因为国外盛行间隔年的做法。

"间隔年"，英文叫Gap Year，是西方的一种叫法。间隔的意思是停顿，"间隔年"的大概意思是青年在升学或者毕业之后、工作之前，并不急于盲目踏入社会，而是停顿下来，做一次长期的远距离旅行（通常是一年），用一段时间放下脚步去做自己想做的事情。它不同于短期的近距离旅行又不完全等同于工作旅行。在这段时间里，可以纯粹只是休息，去思考自己的人生；也可以去游学、当义工，通过社会实践，进一步了解自己，体验生活。

当然义工旅行也没有那么美好，其中的门道很多。作为义工来说，虽然工作不会太繁重，而且店家包吃住，但如果单单为了打工换吃住，为何不去找份正经的工作，还有几千的工资拿，所以义工选择店家的时候，更看重的是店家能够带来的独特体验。

作为店家来说也门儿清，都是想要找一个免费的劳动力来帮帮忙。当然这样的店家也分为两类：一类是真心想要为义工创造一些不一样体验的店家；另一类是装作自己可以为义工创造不一样体验的店家，此时就需要义工的火眼金睛来辨别了，我在这上面也吃了不少苦头。

义工旅行国内最主要的报名来源集中在豆瓣，当然也有很多国内的义工出行平台，例如，大学生国际青年义工旅行社、义工旅行大联盟，等等。各个平台发布的招募帖实际上都差不多，有些平台更坑一点，如果有看重的项目，就需要缴纳一定的金额，才能够获取对方负责人的联系方式，我愿称为圈钱鬼才，大部分时候还是在豆瓣上招募的。

当时我也是兜兜转转找了很久，发现了一份比较适合的义工工作，是由得明健身的水君发起的义工招募，得明健身是一家基于中医理念发展而成的机构，主要解决人们的病痛与亚健康问题。

得明健身当时想要探索乡间基地作为会员活动的地方，水君是寻找基地的负责人。水君是一位比我纯正很多的浪人，经常喜欢到处玩耍，这里po一段简历（2015年大学毕业就开始在外游历，2015年在南京伊顿学园耕读半年，2017年在各地青旅、农场、生态村做义工打工换宿8个月）。对我来讲，在农村生活的体验实际上并不多，找基地听起来也是一份很有趣的工作，并且一个月还有两三千元的资金补助，于是就联系了水君。

水君的招募要求相比其他义工组织要严格一些，他希望是30岁以下的年轻人，爱旅游适应农耕，等等，需要写一段过往经历的介绍，以及自己的视频介绍。

好在我发了相关的简历之后，水君也非常痛快地答应了，万万没想到这是水君第一次招募义工，也恰巧是我的第一份义工，真是赶得早不如赶得巧。

动身前往夏县大候会合，顺着走来走去（水君的外号叫走来走去）的地点来到了一个非常偏僻的小镇上，见到了水君与其他几位得明的伙伴。中午聚餐之后，前往附近村庄的一个小学进行勘察，不得不说小学的环境还是非常棒的，依山傍水，而且镇上的公交也可以直接到，但可能因为价格与后期改造的成本问题，最终没有选择这所小学。

卖蜂蜜——第一次尝试做电商

当然此次探索学校也不是完全没有收获，在逛到学校道路旁边的农田时，我们发现山脚下与山上都有养蜜蜂的蜂农。因为现在这里正好是花期，如果过了这段时间，可能就搬走了，凭借着我多年喝蜂蜜的经验,感觉还是很正宗的蜂蜜,于是心里就打起了小九九,想着能不能卖一点蜂蜜。

卖蜂蜜的是一位老爷爷与老奶奶,向他们要了微信,谈妥了价格,询问了很多蜂蜜相关的知识,回去之后就写了一篇软文放在公众号上售卖,这里也不po(上传,发布)上来了,毕竟也不是来带货的。

与水君在卖蜂蜜处

　　当时由于商品大部分都在母亲的商城上售卖，蜂蜜也想着放上去，这样也可以拥有更多的流量。结果我妈也是算盘打得叮当响，说要放也可以，但要收平台费，利润五五分成，好家伙连亲生的都不放过。最后以我写软文为由拿到了六成的利润，也就能跟亲妈这样谈生意了，当然这也是因为处在穷游期间，我妈希望我不要走后门。如果别人是通过我自己的公众号联系的，那么利润就都归我所有了，所以当时我在自己的公众号上给出了更多的价格优惠,希望这样能够吸引更多的顾客。

之前我在商城卖的东西只有倪海厦老师的视频,由于是电子虚拟产品,所以只需要加好友分享就可以了,虽然操作烦琐,但也没有什么难以处理的问题,但蜂蜜是实物,并且是食物,其中的操作难度便上升了许多。

首先面临的是物流问题,爷爷奶奶久居深山,要隔十天半个月才可能从山里到镇上发货,这样的发货时效显然是不行的,同时他们也只会大批量的出货,而不是一桶桶的单卖,否则实在是太麻烦了。我最后的选择是先买20瓶寄到上海我爸的公司,因为我爸的公司经常收发快递,所以如果有单子直接就可以从上海发,这样发货时效就很及时,同时蜂蜜的保质期也非常久,存储得当也不存在腐坏的问题,但其中就要我先垫付20瓶蜂蜜的成本。

解决了物流的问题,还有就是包装,第一批是拿没有封口的塑料瓶装的,结果寄到上海之后发现20瓶漏了5瓶左右。这些蜂蜜自然是不能够继续售卖的,不过好在母亲用成本价包圆了剩下的5瓶,弥补了我的损失。之后和老爷爷协商,换了一个质量更好一些的瓶子,也就没有漏蜂蜜的问题了。

卖蜂蜜给我提供了相当一部分资金来源,与倪海厦视频的资金量差不多,一年下来前前后后提供了将近1500元到2000元的利润。

当然实体物品还面临着售后的问题,不过我卖的体量很少,并且买蜂蜜的大多数都是群友,所以也没有为难我,售后也没有遇到任何问题。

内乡夏馆——确定基地

在我加入之前走来走去已经在乡间探索了将近两个月，前前后后也探索了很多基地，我加入的时候已经接近尾声，在探索完最后一个小学之后，走来走去比较中意之前山里的一个农庄，于是我们又回到了河南内乡县夏馆镇。

内乡县夏馆镇

　　兜兜转转终于从大城市来到了乡下,闻着乡下那独有的田园气息,真香。在小镇上住下,旅店的主人和我们进行了二次接触。走来走去为了能够顺利谈妥合作压低价格,对于山庄存在的问题与优点进行了总结,大体上就是你这山庄这么偏僻也不赚钱,闲着也是闲着,租给我们刚好还能收点钱,你肯定不亏。不过被大叔一句我本来就没指望它赚钱打得措手不及,原来这就是乡间隐形富豪嘛。不过生意嘛,漫天要价坐地还钱,最终还是谈妥了这笔生意。现在因为地方太过偏僻最终打算终止合同,幸好当时多付了一些钱签的是短期合同。

签合同ing

虽然和我想象的探索基地不同，不过答应了一个月还是要做到，所以农村生活正式开始了。如果说农村生活有什么不舒服的地方，那就是虫子太多了，其他一切安好，美妙的空气，壮观的景色，都沁人心脾。

前几天我和水君在基地里忙活，每天早上起来就是种地、除草、做饭之类的闲杂活儿，我虽然没有洁癖，但穿个拖鞋在泥泞的田里除草，还是有一些抗拒，水君倒是拔得不亦乐乎。

拔完草后自然要解决伙食问题，大叔有一辆烧油的小绵羊借给了我们，这样可以很方便地去镇上买菜。自从在尼泊尔体验了一把后，我再也没有骑过摩托车，此时倒是可以好好过把瘾。做饭则是水君和我轮流解决，男生嘛，要求都不是很高，基本上有啥做啥，大乱炖能吃就行，日子过得倒也滋润。

不得不吐槽大叔的厨房，因为常年不打扫，到处累积了一层厚厚的油垢，钢丝球坏了一个又一个，清扫了两三天才把厨房收拾出来。

水君的性格非常活跃，浪人小辫子名不虚传，除了做饭之类的日常活动，还经常喜欢拉着我在乡间到处逛，遇上老人也能够随口搭两句，仿佛自己已经在这里生活多年，这恐怕是广大社恐都梦寐以求的技能。

在村里我们也找到了许多很好的土特产，例如，土鸡、土鸡蛋，新鲜的野菜、蘑菇、蜂蜜，等等，水君当时还计划着把这些东西都放到得明健身的网页上，看看有没有会员想要，也不知道后来有没有实现。

上图：在农村做饭

下图：早上农耕

外出徒步

日子一天天过去，两个大男人待在深山老林里显然差了点意思，水君琢磨着把要好的几个德明会员拉到基地里面体验一把，于是基地里的人就变多了，雅雅姐、妙妙姐、二丫姐。

基地中多了这么多女生，自然不用男生下厨了（主要是被嫌弃了）。好端端的农家生活也逐渐朝着美食番发展，黄焖鸡、烧烤、韭菜盒子、粽子、包子应有尽有，为了防止有的读者深夜阅读就不放毒了，怕你们承受不住，老贴心了。

人多了自然热闹，除了白天一起出去徒步以外，晚上我们也会打牌，惩罚就是最常见的画乌龟。水君秉持着德意志帝国横扫天下的气概见谁都狠狠地画，关键是画得还贼丑，自然免不了几个女生的报复；我则是秉持着人不犯我我不犯人的原则，虽然画功不行，但冰激凌啥的还是能画一画的，最终得到了友好对待的我，喜提文身一枚，啧啧啧，要不是怕水君打飞的过来揍我，怎么着也要把水君的丑照放上来让大家感受一下差距。

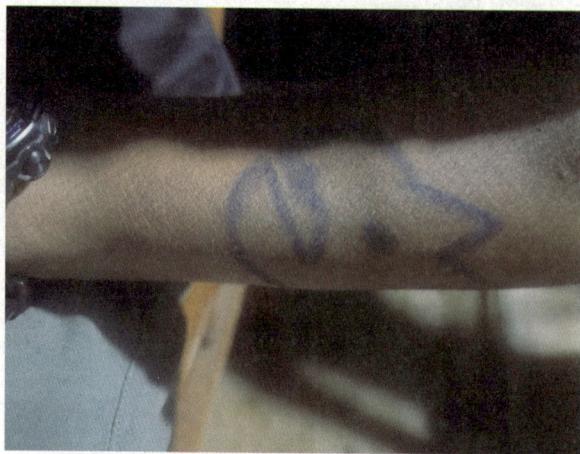

喜提小火龙一枚

泰山之旅

6月19日, 水君他们组织了一次公益的爬泰山活动, 也就把我给捎上了。不过比较尴尬的是加上我们两个一共40多人, 其中只有3个男生, 其他全是阿姨, 啊不是, 姐姐。

这些姐姐非常非常活跃, 晚上在酒店聚餐, 她们硬生生把吃饭变成了才艺表演, 唱歌跳舞无所不能, 水君还硬拽着我上去唱了一首, 不知道酒店是不是再收一份歌舞厅的钱, 什么?唱歌视频?手机当时被小狗叼走了, 嗯, 汪。

我们计划是爬上去之后在山顶住一晚第二天下山, 爬山实际上没啥好说的, 都是台阶路, 也不难走, 慢慢走也能走上去, 有些人可能觉得山顶住宿有些贵, 他们会选择带帐篷到山顶找个空地睡, 虽说是山顶, 但面积非常大, 跟个小村庄一样。

爬山前合影，别问我在哪里，问就是在拍照

上图：抵达山顶

下图：山顶的帐篷

大部人爬泰山是为了看日出而来,山顶的早晨非常非常冷,而且雾气很重,跟迷雾差不多,但一切都是值得的,因为日出实在是太好看了,我在很多地方都看到过壮观的日出,泰山的日出绝对算得上数一数二的。

小插曲:

我带了御2（无人机），当天山顶侧风极大，本来想拍个延时结果抖得不行，降落的时候由于风太大感应器失衡，一直往下压遥感都降不下来，差点以为要壮烈牺牲，通过左右腾挪的方式缓慢下降，才得以生还。

泰山日出

与水君的小冲突

泰山之旅圆满结束，我和水君也回到了乡间的基地中，水君点子可真多，买了床铺买篮球架，买了篮球架还想要养鸡，基地的雏形也慢慢搭建起来了，眼瞅着1个月的时间即将到来，开始琢磨下一站去哪里。

东北本来是很想去一趟的，但当时东北疫情严重，父母一再强调不许去，于是打起了新疆的主意，新疆也是神交已久从未谋面。说干就干，在豆瓣上找到了处于新疆伊犁八卦城的青年旅舍义工，订好车票告别水君。

以内乡基地出发

　　当时的存款在2000元左右，因为蜂蜜与倪海厦老师的视频，所以虽然做义工的时候没有收入，但存款还是在缓慢增加。

　　去新疆的车票虽然选的是硬座，但旅程遥远30多个小时，也要300多块钱，对于我来说自然是一笔巨款，想着水君最开始招募的时候说有两三千元的补贴，自己这一个月也挺节省，就打算向水君要点钱补贴一下路费。

　　以为可以挺顺利地拿到补贴，结果水君不乐意了，他觉得虽然后面都在基地里，但之前路上的吃住我给你包了，还带你去了泰山，在基地也没干啥活就是种种地做做饭出去玩，凭啥还要给你补贴。

　　站在现在的角度来看，说句公道话，水君说的还真没错，一般的义工工作一个月才有补贴，基本上就是包个来回的车票钱，也就是大几百的样子，水君还捎着我去泰山，这开销也不少，算是仁至义尽。

　　但当时不懂啊，你第一次招义工，我第一次做义工，谁也别说谁，说好的两三千元的补助，我路上这么节省，给点车费怎么了，是不是感情淡了，那个委屈感一下子就上来了。水君也挺委屈，路上为了这事儿也闹腾了半天，搁以前我也没这脸去要补贴，但当时穷啊，没办法，吃的了上顿指不上下顿，能要一点是一点。

　　最后水君还是心软用私房钱给了我两百块，现在回想起来确实不太好意思，在这里给水君赔个不是。

青海——人多力量大

前往新疆

前往新疆的火车长路漫漫, 30多个小时的硬座也让车上的人各显神通, 侧着的躺着的, 座位底下, 过道里, 没有什么地方是不能睡觉的。大家也都理解睡觉的难处, 你躺一会儿换我躺, 也是其乐融融, 我也厚着脸皮断断续续地躺了一会儿。

车里大部分是新疆的少数民族, 有的时候也开始怀疑人生, 感觉自己是不是在国外的车上, 不过好在旁边坐了一个回族的小伙子, 聊天聊了一路倒也让旅途有趣了不少。

因为处在疫情期间，伊犁又处于新疆的边境处，车里的防护措施等级非常高，来来往往都是穿白色防化服的医务人员，检查身份证、通行码、健康码等，一个都不放过。我因为一个月之前坐火车从北京中转了一下，结果就被认为是高危人员要遣返，一脸懵地和工作人员解释半天，但工作人员也是一脸无奈地说这就是规定。

虽然心怀不满，但火车终究还是抵达了伊犁。当天晚上十一二点到站，在火车站对一些被拦截下来的旅客集中处理，警察也没多说什么，给了两个选项：一个是坐第二天的火车从伊犁出发返回；一个是连夜坐汽车回乌鲁木齐。

过道里的旅客

　　既然被遣返的事实已定，肯定选择损失最小的方案。如果是坐火车返回的话，今天晚上就要入住官方指定的酒店，加上第二天去乌鲁木齐的火车票，一共要300多块。如果是坐汽车连夜回到乌鲁木齐，一口价300块钱。秉持着能省一点就省一点的原则，还是选择了坐汽车回乌鲁木齐。方案确定后，警察让我们到一边待着等汽车。

　　除了损失车票钱，之前订好了的青旅因为超过时效不能退款，几十块钱也打了水漂。经此一役，小金库损失惨重。

　　既然伊犁不成行，乌鲁木齐周边也不是很感兴趣，新疆就不考虑了，缘分未到下次再会。临时抱佛脚的我逛着豆瓣，看有没有感兴趣的义工，别说还真给我抱到了，青海湖在路上客栈在招义工，青海湖的景色听说很不错，所以当时就联系了老板。

　　在路上客栈的老板是Niku，平常都直接叫酷哥，当时晚上11点半给酷哥发的好友申请，瞬间通过。酷哥非常好说话，只问了一下能不能近期到岗，就答应我可以来客栈帮忙。苍天显灵，我虽然出行没有什么计划，但一般未来半个月左右的行程没有确定的话，也会非常焦虑，好在酷哥是个夜猫子，哈哈。

　　忙完了义工的申请，跟酷哥说好晚几天过去，毕竟好不容易来了新疆，总得在乌鲁木齐逛逛街。夜里12点多车子准备出发，为了防止半夜溜号，有警车在前面开道把我们送到高速路口，也是享受了一把特殊待遇。

　　上车之后互相之间也没啥好说的，同是天涯沦落人，相逢何必曾相识。互相靠着睡一会儿也就到了。因为前几年暴乱，新疆的治安管制非常严格，进加油站的车子都要检查，除了司机以外其他

乌鲁木齐的日出

人不得进入, 必须下车步行到出口, 半路我们也被拉下来了一次。

 乌鲁木齐定的是停泊青年旅舍, 一般来说在携程上评分比较高的青旅都还是不错的, 停泊青年旅舍有很大的公共空间, 工作用的小桌子也有很多好评。

 之前在学校的时候, 也有同学去穷游过, 他们是从乌鲁木齐出发的, 当时他们为了赚钱也把主意打到了其他同学头上, 在乌鲁木齐找了家卖土特产的店向其他同学推销。班上基本上所有人都买了点东西, 不过我们都低估了新疆大馕的坚硬和巨大程度, 导致最后大家买了一堆馕回来放到发霉, 有点可惜。

　　哇，他们竟然把主意打到了同学身上，实在是……太高明了吧！俗话说得好，打不过就加入，联系了以前的同学，要到了卖家的联系方式与地址，准备第二天去逛一逛，做做代购回点血。

　　第二天来到乌鲁木齐的批发市场，几百家店坐落在一个不大的地方，基本上每家店卖的东西都差不多。来到事先联系好的店铺，确定了商品与价格，谈妥了送货方式，到时候直接把订单信息发给商家，商家再发货。

　　实话实说哈，这些批发店不是总代理，如果以次级代理的身份去谈的话，确实会便宜一些，但比市面上的零售价也便宜不了太多，因为中间经过了很多级经销商。最后我放了一些在母亲的商城里，因为要算上我的利润，所以比外面的零售价要贵了一些，感谢购买过的小伙伴，就当是友情赞助吧，哈哈，不过这些商品在穷游结束后就已经下架了。

　　我比较喜欢吃这家店的奶疙瘩，一开始奶疙瘩是分装在透明塑料袋里的，没有任何产地标签，后来我买的比较多，卖家就拿了一大袋子出来装，被我悄咪咪地看到了，实际上是牧民人家的奶疙瘩，大家可以去淘宝上购买，还是很好吃的。

　　至于同学那边，我也卖了不少，不过以成本价直接卖了，然后再厚着脸皮要点跑腿费回回血，放在商城的商品也为我提供了几百元的利润，卖得最多的就是奶疙瘩。

　　除了在乌鲁木齐做代购，也体验了一下新疆的美食，在网上冲浪了半天，面旗子评价不错，于是找了家店体验了一番，确实挺好吃的。后来结识的新疆朋友说他们最喜欢吃的是新疆炒面，当时错过了。

新疆面旗子，跟山西的猫耳朵差不多，有异曲同工之妙

青海我来啦

在乌鲁木齐待了两三天后启程前往青海，酷哥的客栈在二郎剑景区旁边，依山傍水风景绝佳。酷哥本身性格比较随和，所以也不怎么拒绝义工申请，一共10间客房酷哥会请七八位义工来打扫，人多的时候甚至有十几位义工，可以说是我穷游一年以来氛围最好的客栈，同时在这里我也结识了很多义工小伙伴。

再插几句，一般的客栈会考虑自身的需求来招募义工，毕竟招募义工也不是没有成本的，需要床位以及每天的餐食，如果客栈本身请了打扫卫生的阿姨，可能就会招一两个义工做前台，如果要打扫卫生可能会招2~4个义工。一般义工可以接受的工作时间在五到六个小时，毕竟义工也只是换宿，不拿工资。

因为酷哥自己本身爱玩，觉得人多热闹一些，床位准备得也比较多，吃饭加双筷子不花几个钱，所以义工一般都在4个以上，这对义工来说是非常友好的，毕竟出来也是为了结识朋友的。

上图：客栈旁景色，酷哥的客栈就在热气球下面的
一排房子里
下图：在湖畔旁的合影，我在哪？不好意思，男生
没拍，有小姐姐看还不够吗？

怎么样?景色是不是超级棒?走路5分钟就可以到湖泊旁边。当时7月份一共有7个义工,男生有我、卷卷、宇哥、老包,女生是思燮、小鱼、邹邹。大家想做义工的话,建议提前问清楚目前在岗或即将到岗的义工有多少,义工多了氛围真的很棒。

酷哥这边的任务量实际上不多,10间房间也不是天天满房,就算满房大家齐心协力基本上两个小时多一点儿就能搞定,早上10点多打扫到中午12点多,之后就没事儿了,大家各玩各的,酷哥还把厨师的工作给包圆儿了,大家每天轮流洗洗碗就结束。

我刚到的时候,人还不是很多,所以宇哥拖地,我搞定厕所,女生是不干体力活的,她们负责换床单就可以了。等卷卷和老包来了之后,就变成卷卷打扫厕所,我和宇哥拖地,老包负责房间里的物品之类的,人多力量大嘛。

义工多了之后就会聚在一起举办一些活动,爬爬山、看看海之类的,晚上有时候会玩三国杀以及炸金花。当时我们用类似瓜子仁一样的东西当筹码,因为都是学生所以玩的特别小,一个瓜子仁代表1毛钱,一人20个筹码。炸金花这种纯靠运气与演技的娱乐活动我不是很喜欢,每次都是看牌再下注,除非牌特别好否则不跟注,非常保守,结果到了最后不亏也不赚。

卷卷最为暴力,每次都是暗牌加all in,人生大起大落全在一念之间,玩得非常high,别说到了最后他的豆子竟然是最多的,赌徒的本性暴露无遗(PS:不推荐模仿,请勿现实操作)。

筹码

　　最难忘的一次莫过于晚上看星星，大家一起熬到晚上12点的时候去湖泊旁边，与山里的星星不同，山里的星星就算再好看、再亮，也不过是山里的一角，而青海湖畔的星星则像360度巨幕一般环绕着所有人，久久不能忘怀，五星推荐。

　　难能可贵的是那天晚上我们看到了很多流星，说看到流星的时候许愿什么的都是骗人的，"嗖"的一下，很快啊，一眨眼就闪过去了，啥念头都来不及想。

　　都是年轻人，自然想要尝试一些更罗曼蒂克的做法，在湖边合唱了几首歌，五音不全的我表示你们想看到视频那是不可能的。

当天晚上我用手机拍的，因为用的是长曝光，难免有点晃动

这个是直接拿着拍的，北斗七星不知道大家有没有看出来

大橘

当然有时候我们也会爆发一些"战争",例如,某天晚上我们围绕着同性恋的话题进行了激烈的争论,最后从同性恋扯到人类群族的发展,双方才勉强达成共识。

不管我们吵得多凶,大橘永远是所有人的团宠,平常都舍不得花钱买零食的大伙,也纷纷从自己的小金库里掏出资金为大橘买火腿肠,在这一刻,我变成了坚定的猫党。

在青海待了半个月,虽然没有拿到补贴,但结识了很多小伙伴,酷哥人也特别好,所以在路上客栈位列年度义工排名第二,

伙伴多了之后，连打扫卫生都觉得是一件愉快的事情呢（PS：酷哥也不是不给补贴，一般工作一个月以上的都会报销来回的车票钱）。

酷哥"帅照"，对不住了，哈哈，这年头他朋友圈里竟然没有自拍，我也没有办法。酷哥的这辆三轮摩托坐起来非常带感，抗战气息十足，就差喊一句"八嘎呀路（混蛋）"。

青海那边的生活节奏比较慢，慢悠悠地起床，慢悠悠地打扫卫生，慢悠悠地聊天，生活十分惬意。

西藏——朝思暮想去珠峰

结束了青海的工作后，一看地图，嚯，西藏就在家门口，还有啥好说的，拉萨走起。因为学生基本上是九月份开学，当时快8月底了，所以在青海一起做义工的卷卷决定要和我去拉萨找个义工待一段时间。

由于正值暑假，所以做义工的学生特别多，我和卷卷在豆瓣上找了十几家都没有空余的义工位置，最后还是卷卷找到了一家归处酒店，不管三七二十一，先去了再说。

　　进藏的方式选择的是火车，相比于飞机，火车的海拔上升较为平缓，出现高反的概率会低一些；同时，所有去拉萨的火车，在西宁都会换乘高氧火车，以免出现意外。而且，火车上看到的风景会更好看一些。

　　我们从青海坐大巴到西宁，然后坐火车到拉萨，基本上都是24个小时左右，坐硬座只需要224元，所以又是考验花式钻空找地睡的环节。

　　抵达拉萨，在简单出示通行码与绿码之后，顺利通过关口。

坐公交车前往归处酒店。

　　给我们住的房间应该是一个小杂物间改装而成，两张非常小的铁板床上下铺挤在一起，上面放满了行李，下面用来住人。说实话，这是我一年以来的义工生涯中，住过最拉胯的房间。房间里面灯光也比较昏暗，信号极差，不管是用Wi-Fi还是流量都不顶事。

　　当时看到这个房间心里就"咯噔"一下，不过因为自己经常到处跑，睡帐篷也是常有的事，条件也不是差到难以接受，所以和卷卷就住了下来。

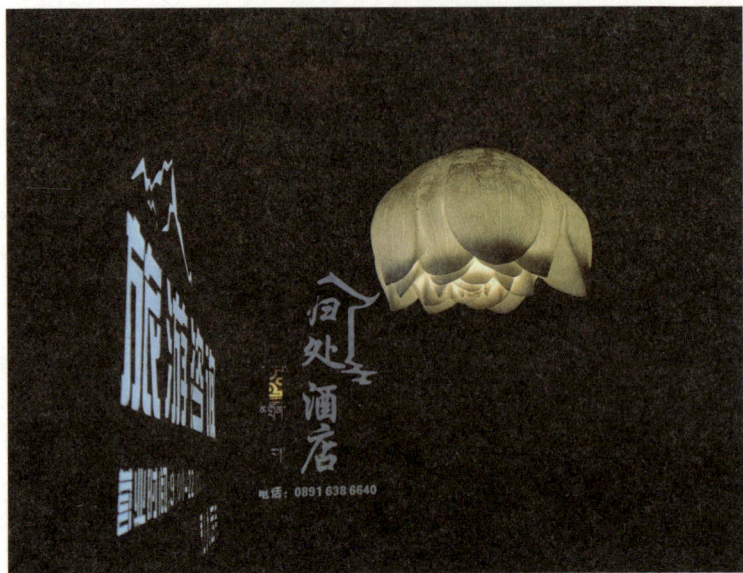

在西藏的工作

首先介绍一下我们的老板，他姓孔，我们一般都叫他孔哥。但他的面貌实在是有点沧桑，所以一开始我总是下意识地叫他孔叔，改了好久才改过来，这可能也是他对我没有那么喜欢的原因吧。相较之下，他更喜欢卷卷。

我们的工作就是负责前台接待，客人来了要办理入住、登记信息等。因为酒店的价格比较贵，所以如果客人拎不动行李，我们也要帮忙拎上楼，相信我，在高原上这绝对不是一个轻松的活儿。

酒店的前台系统并不复杂,上手几遍后就可以非常轻松完成。

关于伙食,孔哥的原则就是你们买菜自己做,菜钱我可以报销,厨房也可以用。然后,我们就兴高采烈地去厨房看了一眼。我发誓,我发誓!这是我有生以来见过最脏乱的厨房,我在河南内乡的时候也和水君收拾过厨房,但这里,厚厚的油渍仿佛像奖章一般堆满了整个厨房,让人简直不忍心下手。同时,你还可以听到角落里老鼠发出窸窸窣窣的声音。

无奈之下,和卷卷买了6个钢丝球回来对厨房进行了大清扫。结果6个钢丝球刷废了也只是把厨房从濒危状态挽救成了轻伤,看得下去,但远远到不了整洁的地步。

我和卷卷的厨艺,怎么说呢,比上不足比下有余,如果有机会做饭给你吃的话,相信我,毒不死。直男的厨艺大范围局限在蛋炒饭与下面条之内,当然我们也有很多其他花样,不要把我们看扁了啊!包括但不局限于西红柿鸡蛋炒饭,番茄鸡蛋炒饭,土豆青椒炒饭,马铃薯青椒炒饭,等等。

但有时候为了方便,我们也会去周边早餐店买一些早饭回来吃,孔哥有时候会很心疼地说,"你们能不能动动手做做早饭!"虽然如此,孔哥还是很大方地报销了所有的餐费,这可能就是刀子嘴豆腐心吧。

一般而言,我睡得比较早,大概晚上10点就睡了,所以我负责早班,而卷卷负责晚班。早班起来还要把大厅的地板都拖一遍,把桌子都抹一下。

到了晚上,后期由于八廓街外围封锁了不让车子进来,所以酒店的布草需要我们自己打包好拖到街边。布草就是每天换下来的床单被罩之类的, 有专业的洗衣公司承包这类业务, 酒店也省得麻烦。拖布草是一项非常繁重的工作, 我们需要把布草打包, 运到楼下的小车上, 再把干净的布草运回酒店搬到楼上, 基本上要耗费半个小时左右, 而且布草很重。

由于前台的性质, 所以孔哥不轻易给我们放假, 基本上就是你可以在前台玩, 但你不能出去, 得一直待在店里面。有的时候, 酒店里面的设施坏了, 我和卷卷也会去帮忙修理, 如下图, 这是卷卷在修马桶。

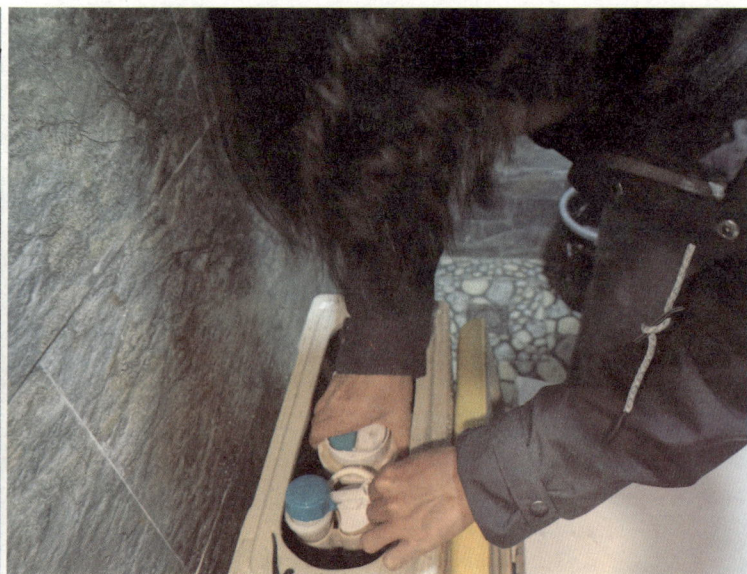

有的时候，酒店清洁的阿姨下班了，但是有的房间需要紧急打扫，我们也需要负责打扫房间的工作。

OK，我们的工作基本上就是这些。从义工的角度来点评一下，这绝对不是一项理想的工作，我们全天基本上都待在店里面，工作时间经常超过12个小时，同时工作强度也不小，登记、抬东西、搬布草、自己做饭，等等。

可能有的人会说，"诶诶，不能这样算吧，12个小时中还有大段的休息时间啊，不可能一直会有客人来。"

但是bro（哥们儿），这是义工的工作好吗？常规的义工工作时间就是6个小时左右，义工只是希望通过工作来换取吃住，剩下的时间我们是希望能够在周边游玩的！按照归处酒店这样的强度，我们根本没有太多的时间去游玩。同时就算在前台有很多休息时间，但你做事情的时候突然来了一个客人，就必须放下所有的事情去招待客人，这实际上也不算是很好的休息。

所以归处酒店被评为年度最糟糕义工工作。当然这也不能完全怪孔哥，因为孔哥在这之前完全没有招待义工的经验，他也并不知晓义工对于工作的诉求，所以出现这样的矛盾很正常。孔哥答应我们最后花钱请我们去旅游，也报销了我们去下一个地方的路费。

例如，卷卷选择去林芝，我选择去看珠峰。最后卷卷坐飞机回家、我去丽江的车费，都是孔哥付的钱，平常生活中有一些小零食的开销，孔哥也会付。卷卷还去看了文成公主的表演，当然我没去。（孔哥偏心啊……）

总休来说，孔哥在我们身上一个人花了大概2000元。可能孔哥认为，最后报个团，稍微玩一下就行了。但这跟理想中的义工工作还是差了很多，这更像一份工作，而不是义工，所以被评为最糟糕的义工工作也是理所当然。

一般来说，义工的工作时长在6小时左右，同时正规一点的店会有明确的休息时间，到点了就休息，比较随意。如果是酒店的工作，义工基本上都是前台服务，保洁都会请人来做，前台也不像归处酒店一样，而是有明确的换班时间。所以小伙伴们在选择义工之前最好提前问清楚哦。

在西藏的美食

说完了工作，自然轮到了拉萨的美食，由于之后我还骑行了318，所以去了两次拉萨，美食与美景就一起说了。

拉萨的美食莫过于藏餐，遍布拉萨的甜茶馆是当地人最常去的地方，他们经常会在甜茶馆一坐就是一个下午，外地人虽然也能进甜茶馆喝茶聊天，但语言障碍确实阻碍了双方的友好气氛。

甜茶馆里有什么？当然是甜茶啦，类似于奶茶一样的口感，但是要清淡一些。现在大部分的甜茶都是用奶粉冲泡的，所以喝个乐呵就行了，也不用太过当真。拉萨的甜茶是按照磅数卖的，基本上3个人喝两磅的甜茶，10块钱左右，美滋滋。

如果想要带走也可以，只需要交一个保温壶的押金，就可以正常购买连壶带走，最后只需要把壶还回来就可以了。

除了甜茶，在甜茶馆中一般还会有藏面、炒饭等食物。藏面

聚餐ing

青稞酒

绝对是性价比最高的美食没有之一，6块钱一碗，满满的青稞面加上牦牛肉，吃到过瘾。青稞面的口感比正常的小麦面会更硬一些，很神奇的口感，有机会的话一定要尝试一下。炒饭之类的就不值一提了，跟内地差不多。

　　由于归处酒店的价格定位还是比较高的，所以来酒店的客人素质都还不错，而且也比较有钱。孔哥有时候会买一些菜亲自下厨邀请客人们一起吃饭，我们义工也可以跟着蹭蹭口福。给酒店打扫的阿姨是真正的藏民，孔哥从她家里买了两桶自酿的青稞酒。怎么说呢，由于我不怎么喝酒，只知道是一种无法描述的口感，但并不难喝。

拉萨的酸奶真的是非常非常酸，骑行318第二次到拉萨的时候，我们去了一家网红酸奶吧，里面每一个人都可以免费打印一张照片贴在墙上，就在布达拉宫的旁边。那家的酸奶不加糖简直无法下咽，不过我们点的是冰激凌酸奶，美滋滋。也有些商家为了更符合大众口味，会提前把糖加到酸奶里面，口感也是很不错的。

当时正值松茸新鲜上市的时候，所以孔哥经常会用松茸招待客人，我们也吃了不少，清蒸的、油焖的、炖汤的，当然，最好吃的莫过于蘸酱油芥末生吃。也算是狠狠地过了一把松茸瘾。

因为有些客人是长住的,混熟以后小姐姐还会给我们买肯德基,这就是天使吗?

有一次跟后面来的义工小姐姐去吃玛吉阿米,是拉萨当地的一个网红餐厅,当然我是去蹭饭的,怎么说呢,一般般吧,并不值得它的价钱,可能是因为风景更好一些?在这里拔个草。

在西藏的美景

布达拉宫

西藏最出名的景点应该就是布达拉宫了,布达拉宫的门票要两百块钱,第一次去拉萨的时候因为资金不是非常充裕,所以就没有去,第二次骑行到拉萨的时候,还是买了一张门票。布达拉宫的门票需要提前一天预约,早上基本上都是有票的,下午就不一定了。如果你预约的是下午两点进场参观的门票,最好提前一个小时到布达拉宫,先过第一道门,在门里面晃一晃,一点半左右就可以进去了,早点去没关系,晚一点就进不去了。

"knock knock!再不出场我快要憋死了!我的剧已经刷完了!"

布达拉宫位于中国西藏自治区首府拉萨市区西北的玛布日山上,是一座宫堡式建筑群,最初是吐蕃王朝赞普松赞干布为迎娶文成公主而兴建。于17世纪重建后,成为历代达赖喇嘛的冬宫居所,为西藏政教合一的统治中心。1961年,布达拉宫成了中华人民共和国国务院第一批全国重点文物保护单位之一。1994年,布达拉宫被列为世界文化遗产。布达拉宫的主体建筑为白宫和红宫两部分。

整座宫殿具有藏式风格,高200余米,外观13层,实际只有9层。由于它起建于山腰,大面积的石壁又屹立如削壁,使建筑仿佛与山岗融为一体,气势雄伟。

布达拉宫海拔3700米,占地总面积36万平方米,建筑总面积13万平方米,主楼高117米,共13层,其中宫殿、灵塔殿、佛殿、经堂、僧舍、庭院等一应......

"好了好了,我们自己会百度的,你回去休息吧百度君……"

"下次别忘了叫我啊!"

"知道了知道了!"

"一言为定!"

"嗯嗯。"

布达拉宫的楼梯修建得比较陡峭,有些游客会买便携式的氧气瓶来防止自己出现高反,当然这对我来说就是小意思啦。进入布达拉宫后经过一个小广场就不让拍照了。

布达拉宫里面实际上并不大,游客走路上到顶层然后下楼结束,慢慢逛的话1个小时左右也差不多逛完了。里面有很多佛像以及各种灵塔。对于不了解藏族文化或者藏传佛教的游客来说,进去双手合十,拜就行了。当然你对历史比较感兴趣的话,也可以花几十块钱请一个导游,我当时就是蹭导游听得津津有味。

布达拉宫

也有很多藏族人前往布达拉宫朝拜,需不需要门票就不知道了。布达拉宫里面有很多长明灯,藏族人会自己带一个桶往里面添加燃料,也会带很多零钱去供奉。如果你没有带零钱也没有关系,并不会强制性地要求你捐赠。

雪顿节

我在做义工期间,还遇到了拉萨每年一度的雪顿节。雪顿节是西藏最大的节日,每年举办的时间都不一样,2020年的时间是

8月19—25号。人们会举行观晒佛、喝酸奶、逛林卡、赛牦牛、观马术等活动。跟我们的春节差不多。这段时间内，拉萨的很多商家都会关门歇业，因为他们都去参加活动了。

"雪顿"意为酸奶宴，在藏语中"雪"是酸奶子的意思，"顿"是"吃""宴"的意思。雪顿节按藏语解释就是吃酸奶子的节日。因为雪顿节期间有藏戏演出和晒佛仪式，所以也称为"藏戏节""展佛节"，其中最为盛大的当属哲蚌寺晒佛活动。

当时专门跟孔哥请了半天假去参加晒佛的活动，因为想要看晒佛的人特别特别多，如果你不想排长队的话，就得早点出发。凌晨4点起床，骑上店里的小电瓶往哲蚌寺赶，这是一个真正的民族节日，目光所及之处，几乎全是藏民，外地人很少。

虽然4点出发已经非常非常早了，但有一些真正有信仰的藏民，他们会选择直接在山上过夜，所以，凌晨5点的哲蚌寺，已经人山人海。哲蚌寺对于汉族人是要收50块钱门票费的，而对于藏民则是免费的，毕竟有些藏民天天都要来膜拜，收钱也不太现实。在拉萨几乎所有的寺庙都是实行这样的政策。

排了将近3个小时的时间，终于得以一窥佛像真容。平常的时候，这幅佛像是被巨大的幕布盖起来的，每年只有这个时间段才会揭开让人们朝拜参观。因为人特别多，每个人能够停留的时间非常短，只有短短的十几秒。

藏民在见到佛像的时候，为了表示尊敬，他们一般都会献上哈达。有很多藏族人在半山腰上售卖哈达，所以不用担心自己没有带。当然你就算不献哈达也没有关系。

雪顿节晒佛

色拉寺

色拉寺位于拉萨市北郊3公里处的色拉乌孜山麓,全称为"色拉大乘寺",是藏传佛教格鲁派六大主寺之一,与哲蚌寺、甘丹寺合称为"拉萨三大寺",始建于1419年,占地面积约11.5万平方米,自古就是高僧活佛讲经说法之地。

色拉寺的辩经已有600年历史。在色拉寺,除了周日,每天下午3~5点都可以看到辩经。辩经意思就是辩论佛教教义的学习课程。藏语称"村尼作巴"，意为"法相"，是藏传佛教喇嘛攻读显宗经典的必经方式。多在寺院内空旷之地、树荫下进行。最早源于赤松德赞时期大乘和尚和噶玛拉锡拉的公开辩论。

色拉寺是拉萨最出名的辩经场所，僧人众多，辩经的时候，一位僧人盘坐在地上，另一位会高高举起自己的右手，用力落下拍左手，一个炸雷般的拍手声便响在了坐着的喇嘛头上或额前。

拍手有两个作用：一是表示我现在向你提问，请你赶快回答并向其致敬；二是表示在气势上要威慑对手。

当然辩经还有很多细节，如果感兴趣可以自己去网上搜索更多信息。如果我会藏语的话，感觉会看得比较有意思，可惜语言不通，所以看了十几分钟后也有些兴趣乏乏。

色拉寺辩经

珠峰四日游

游客常去的景点还有林芝、珠峰、阿里与文成公主表演。之后讲到318的时候再说林芝,包车去阿里实在是太贵了,所以两次去拉萨都没有去成。文成公主卷卷去看了,我没去成,不过看了看录制的视频感觉还不错,参与的演员规模非常庞大,布景也比较有心。

接下来给大家介绍一下珠峰四日游的经历。这里要特别感谢孔哥的赞助,卷卷选择去了林芝,我选了朝思暮想的珠峰大本营。

珠峰大本营的行程一般都是4天,羊卓雍错+卡若拉冰川+日喀则+扎什伦布寺,其中最后的扎什伦布寺需要另行买票进入。整个四日游的价格在1250元左右,如果和旅行社有关系说不定还能再低点儿。至于边境通行证,在报团的时候旅行社会帮你办理。

羊湖,全名羊卓雍措湖,是西藏的三大圣湖之一,湖水非常清澈,呈现出一种非常好看的宝蓝色。可能是因为圣湖的原因,湖水里看不到一片垃圾。没有去过西藏的小伙伴,羊湖绝对值得一去。如果时间不是很紧张,还可以自己带上帐篷之类的,不用跟团,在湖旁露营一个晚上,看看日落日出,享受一下片刻的宁静。

第一天经过羊湖之后,还会去卡若拉冰川。卡若拉冰川是西藏三大大陆型冰川之一,对于从来没有见过冰川的我来说,还是非常震撼的,清晰体验到了大自然的鬼斧神工之力。现在去看冰川的时候可以发现冰川缺了一个角,这是电影《红河谷》拍摄时,为了制造出真实的雪崩情景,利用炸药在冰川上炸出了一个三角形的缺口,当年人们还没有太多的环保意识,也造成了这一遗憾。

带缺口的卡若拉冰川

分享一个很有意思的经历。因为在穷游，所以身上钱不多。组团出发的时候要分房间，因为我是一个人出来的，所以需要找一个伙伴拼房，否则就需要补交额外的钱款。但在车上环顾了一圈，都是成双成对的，让我一个单身族受到了一万点暴击（指钱包受到了暴击）。这时候一个韩国籍但中文说得贼溜的大叔愿意和我拼一间房，他本来订的是一个大床房，已经付完了钱。

这时就产生了一个问题，大床房每个晚上要多付60块钱，一共要住两个晚上，也就是120块钱，如果大叔愿意自降档次和我拼房，那么旅行社就应该把剩下的钱退回来。从常理上来讲，这笔钱非常明显应该退给大叔，如果退给我的话就相当于送了我120块钱。

在餐桌上导游和大叔讨论起这件事情的时候，他们觉得这笔钱应该退给我，我极力解释了很多遍，并且试图跟他们讲明白其中的逻辑。但他们执意如此，并且非常坚定。我觉得导游和大叔在社会上摸爬滚打这么多年，也不至于这种简单的逻辑都搞不明白，因为在车上跟他们分享了自己的穷游经历，最终我只能把这个归结于他们觉得这个小伙子不容易，或者是感觉还不错，想要借此缘由给我一些捐款。最终拗不过导游和大叔的好意，还是充满感激地收下了，在此也非常感谢二位的支持。

谁能想到公款出来旅个游，账户资金还往上涨了涨呢？缘分就是如此奇妙，这也让我更加相信宇宙给我们的永远是最好的。

第二天从日喀则前往珠峰，导游会建议所有人购买山上需要用的物资，例如厚大衣、睡袋、氧气瓶。我的建议是一个都不要, 因为租借的费用还是比较高昂的, 睡袋100元一次, 大衣也差不多, 要知道就算是黑冰的睡袋也才1000多元一个, 普通的睡袋100多元甚至可以买一个新的。而且在大本营住的大通铺也会提供被褥, 就是常年不洗有点脏, 我们都是选择和衣而睡, 睡袋的需求实际上没有那么高。大衣是为了在大本营观看珠峰的时候保暖, 一般去西藏旅行都会带一两件厚衣服, 所以也没有人会去租借大衣。

氧气瓶是大家比较关心的问题, 很多人担心自己会有高原反应。如果你在卡若拉冰川没有高反, 那么在大本营也没事, 因为卡若拉的观景台海拔也在5000米往上。租借大罐氧气瓶的费用大概在600块钱一罐, 上网查了一下氧气钢瓶只需要三四百块钱一个, 简直就是暴利。而且购买之后大概率是用不上的, 经常听到有朋友分享说, 他们到最后把氧气直接全部放出来, 秒变高端供氧车。

如果还是担心自己的高原反应, 可以在日喀则的药店购买小瓶装的氧气瓶, 20元到60元不等, 可以根据自己的需求买几瓶。在我的经历中, 90%的人是用不上氧气罐的, 但也不排除因为体质等原因必须要用氧气罐的人群, 所以究竟是否购买氧气罐, 还是要根据自己的情况决定。

高原反应终归是缺氧的表现, 我自己在上海拔的时候, 会比较注意呼吸节奏, 平常一步一吸, 这时候就会变成一步两吸, 所以自ABC之后, 就再也没有高反过。ABC时高反也是因为和别人聊得比较开心, 本来聊天就需要消耗更多的氧气, 同时我们行进的步伐比较快, 最终导致缺氧高反。

　　在前往珠峰的路上，因为邻近边境，检查站非常多，边防检查、体温检查，等等。同时路上也会有很多藏民向你推销自己的产品，基本上就是经幡、狼牙项链和水晶石头。有些地方经幡要50块钱，有些只需要10块钱，有些狼牙项链要三四百块，有些只要20块。仁者见仁智者见智，理性消费从我做起。

　　珠峰属于后藏地区，荒凉的景色随处可见。如果真的有丧尸围城之类的，你跑到这里绝对没有一个丧尸，百里之内荒无人烟。最终在晚上7点钟左右，我们抵达了珠峰大本营。出于环保考虑，在珠峰外围的村落停下之后，需要换乘专门的电动观光大巴进山。进山的时候天公不作美，开始下起了大雨，我们一度怀疑是否能够顺利看到珠峰，毕竟跟团只有一次机会，如果今天不行那就只能错过了。

　　好在抵达目的地的时候云开雾散，我们还非常幸运地看到了日照金山，所有人都非常兴奋，拿着长枪短炮一顿操作，想要记录下这美好的一刻。我不禁开始想象自己攀登珠峰的样子，在手机中琢磨着北线到底从哪里上去的，体内的激素开始快速释放，真正见到最高山峰的样子让人目眩神迷。

　　珠峰全称珠穆朗玛峰，藏语中"珠穆"是"女神"的意思，"朗玛"是"母象"的意思，整体的意思就是大地之母。

　　珠峰的最新高度为8848.86米，拥有全世界最高峰的美誉，自然有无数的户外爱好者想要尝试征服这座山峰。随着科技的发展与夏尔巴人的不懈努力，攀登珠峰的风险系数变得越来越小。天气预报越来越准确，攀登工具越来越先进，高空救援的高度也在不断提升。

　　1953年5月29日,来自新西兰的34岁英国登山队队员埃德蒙·希拉里,与39岁的尼泊尔向导丹增诺盖,一起沿南坡登上珠穆朗玛峰,是人类有记录以来第一个登顶成功的登山队伍。

　　但珠峰的攀登成本也非常高昂,北坡与南坡的报价普遍在40万元左右,对于普通人来说,去珠峰大本营看一看已经是一个非常亲民的选择了。最近由于环保的原因,游客能够去到的大本营又往后推延了几公里,意味着看到的珠峰更小了,不过现在谁的手机还没有个几十倍的变焦呢。

一直到夜幕降临,完全看不到珠峰为止,所有人才恋恋不舍地从大本营往回返程,到山脚下住的村落里,简单洗漱过后就上床了。虽然是男女混住,但大家都是和衣而睡,也没有太多的顾忌。

第三、第四天就是纯粹的返程了,路途中的景色还是非常棒的,司机大哥也会时不时地停下来让我们拍照留念,寺庙我也不是很感兴趣,外加囊中羞涩就此作罢。

前往马场

从珠峰回来后已经是9月初了,转瞬间在拉萨做义工快一个月了,是时候找下一份义工了。最终找到一份在丽江马场做义工的工作,网上搜了半天,只有这一家马场在招募义工,也是非常幸运。

本来和马场说好九月初就会去丽江,孔哥说他可以帮忙找找看最近有没有下去的车,因为当时他答应了我和卷卷要把我们送到下一个目的地。但找车的日子一拖再拖,最终车子的事情因为种种原因泡汤了,孔哥最后还是订了火车票把我送到了丽江。但时间已经来到了9月中旬,我是一个向来不喜欢迟到的人,拖了马场老板好几天心里非常过意不去,不过好在马场老板也非常理解,并没有在意。

丽江——与马儿朝夕相处

马场的全称叫俊逸马术俱乐部,老板叫迈克,老板娘我们一般称呼为霞姐。

迈克哥的经历挺传奇的,他自己做的是建筑相关的工作,但迈克哥本身多才多艺,骑马、剑道、木工、皮具,等等。自己用的烟斗,或者身上穿的大恰,都能自己做出来,而且品相不俗。

迈克哥和霞姐原来在丽江古城开客栈,也相当于白手起家,后来赚了一些钱,因为自己喜欢马,也喜欢安静一点儿的环境,所以就搬到了丽江旁边的白沙古镇上。当时也没有想马场能不能挣钱,就是爱好。

因为迈克哥自己本来就是建筑师,他自己画图纸找工人,因为资金比较紧张,所以花了两三年时间一步步建起了马场。相当于那里的一砖一瓦，都是迈克哥自己操刀建设起来的，花费了很多心血。

迈克哥有两个儿子，一家四口就一直生活在马场中。过去马匹比较多的时候，可能有十几匹，当时的义工将近七八个，但太多了反而不好管理，而且对于资金的压力也比较大，所以最近只留下了几匹马，义工也收得比较少一些。

马场位于丽江旁边的白沙古镇，从白沙古镇到丽江开车要十多分钟，地方比较偏僻。最开始去的时候比较紧张，生怕又是另外一个传销窝点。推开大门之后才发现别有洞天，进去之后左边是树林小道，右边依次是客房、大厅和道馆，马厩、厨房和宿舍则在大厅和客房的后面一排。

走到大厅门口坐下，大厅的正对面就是两个标准的英式马场，更远方则是未开拓的田埂。霞姐发微信叫我等一下，他们在外面买菜。东晃晃西晃晃地绕到了大厅后面马厩那一块，刚刚看到几匹马朝我望来，凶狠的狗叫声就把我劝退回大厅门口。等了近半个小时，霞姐他们回到了马场。

霞姐把我领到后面的男生宿舍中，并向我介绍，"我们这里还有一个义工，叫希瑞，人很好的，到时候他会给你介绍相关事宜。"寝室里有两张木制的上下铺，一个厕所，一张小桌子，麻雀虽小五脏俱全。谢过霞姐之后就在马场正式安顿下来。

大希性格非常开朗乐观，他之前做婚礼主持，之后一直在全球各地到处做义工，有时候也会在喜欢的地方多待一些日子，比较喜欢桌游，做饭也是一把好手。当时在马场待了几个月，平常也带带课，拿点工资。

"这里平常就是喂喂马，客人来的时候帮忙备一下马，平常没事的时候也可以自己备马骑。"大希这样说道。

我与我的小伙伴们

"对了，这是笨笨还有肥基，快来认识一下……"

笨笨是一只古牧，但完全没有网上那些古牧威风的样子，它的毛比较短，都是卷起来的，浑身还脏兮兮的没有人打理。不过笨笨非常尽职尽责，每次赶马它都非常积极，也不怕马踩到自己。最开始在马厩冲我大叫的就是笨笨。笨笨也名不虚传，有时候晚饭被肥基全部抢过去了也不知道还手。

肥基

肥基顾名思义就是一只柯基,除了长得肥一点儿也没啥毛病,不过柯基就是胖一点儿才好看嘛,那个小蜜桃臀谁见谁爱。肥基相比笨笨来说还是很干净的,平常没事它就会跑到我们房间里玩,不知道哪一次把它放进寝室睡觉之后,它就再也不走了,像是已经成为寝室的一员一样,如果晚上关门它还没进来,再打开门的时候它总会在门外趴着。别看它比较胖,但它跑得比谁都快,吃得也比谁都多。

笨笨很少进我们寝室,不是它不想进,如果你愿意放它进来,它会非常开心,但它身上实在是太脏了,还经常跑到泥地里玩,所以每次放它进来寝室就要遭殃一次,想了想打扫的工作难度,还是让笨笨与大自然共同生活吧。一般来说,它晚上都会在马厩旁边的茅草屋睡觉。

当时正值玉米上市的季节,为了给马儿改善伙食,每天中午我们都会去丽江的象山市场采购玉米皮,为什么不吃玉米?因为玉米贵啊!玉米皮只需要两块钱就可以买到一麻袋,毕竟商家要玉米皮也没有用,还得想办法收拾,卖给我们刚好双赢。当时迈克哥还没有想到要买小推车,每次都是我们自己扛着麻袋搬回车上,买了小推车后就轻松许多。

虽然马场只有四匹马,但它们的食量非常大,一天要吃5顿,每天拖回去十几麻袋的玉米皮也只是刚刚够吃而已。早上7点,中午12点,下午3点,晚上吃晚饭前,睡觉前,都需要给它们喂一次。

玉米饲料

　　如果玉米下市，马儿就只能吃又贵又不好吃的稻草了。迈克哥会让大货车运来几十包的稻草饲料，每天我们需要把饲料拆开再分给每一匹马。除了主食，我们也会给马儿调一些配料吃，麦麸、米糠、盐、鱼肝油、钙粉和苏打粉的混合体，为了补充一下马儿的营养，让它的毛色更加靓丽。

　　说了这么多，还没有正式介绍一下马场的马儿。马场一共有四匹马，都是母马，分别是雅典娜、芭芭拉、唐月、唐心，其中唐月、唐心是别人寄养在马场的。之所以都是母马，是因为公马个好驯化,脾气更加暴躁。

按照马的性格来分,马分为热血、温血、冷血。热血马更好动,爱奔跑,速度普遍会更快一些。以前为了让马跑得越来越快,就会把速度快的马放在一起配种,后来才有了热血马的叫法。冷血马则不喜欢动,比较懒。温血马居中。雅典娜是冷血马,芭芭拉是温血马,唐月、唐心是热血马。

雅典娜是一匹弗里斯兰马,这种马是在荷兰北部的弗里斯兰省培育的,因外表黑色靓丽,所以又被称为"弗里斯兰的黑珍珠",经常被用于盛装舞步、骑乘礼仪等方面。

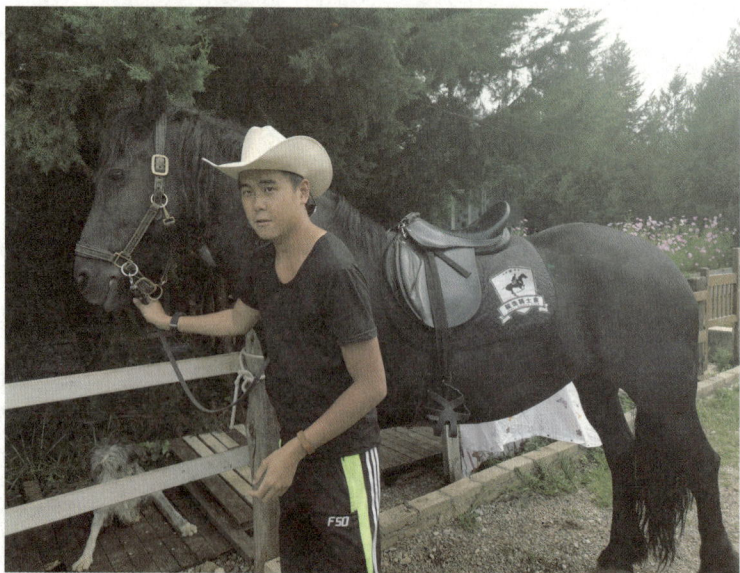

漂亮的雅典娜和憨憨的大帝

当然这匹马的价格不菲,迈克哥委托熟人去荷兰采购,从荷兰走空运再走陆运最终才抵达马场。当时的购买价格已经达到了三四十万元,这还是未经训练的价格。经过迈克哥这么多年的训练后,雅典娜已经掌握了一些盛装舞步的技巧,据说现在的价格在60万元左右。

芭芭拉则便宜很多,价格在几万块钱,是一匹棕色的国产马。当然卖相方面,肯定是雅典娜要高出很多。不过你想要雅典娜跑起来还是挺费劲的,但如果你想要芭芭拉跑起来,只需要轻轻地给一个指令它就跑得飞快。

唐月和唐心是母女俩,唐月是母亲,唐心还只是一个小马驹。不过它俩都是一样的臭脾气,非常高傲,因为没有经过驯化,所以还不能骑乘,只能偶尔出来放放风。

大希告诉我马儿的下巴有一块突出来的肉团,摸起来手感非常神奇。同时马的脖子是神经最多的地方,所以你拍拍它的脖子它会感觉比较舒适。第一次接触雅典娜非常顺利,但其他3个就不是那么配合了,把头往旁边一扬,眼睛往下瞟着你,满脸的不乐意。

想让它们配合的方式也很简单,马都是吃货,拿一个玉米或者玉米皮放在它们的鼻子旁边蹭两下,它们就会迫不及待地把头伸出来,使劲够着自己的嘴巴,试图把食物收入囊中,百试不爽。不过等它们把食物吃完后,就会恢复自己的臭脾气,只能说太现实了点。

如果你想要一直用手摸它们的脸颊,很多时候它们都会不耐烦地躲开,但如果你的手放在那里不动,它们反而会偷偷摸摸地把头靠上来一下。

来张全家福，照片里的分别是芭芭拉、大帝、笨笨、肥基。

马场工作的一天

虽然到马场的时间是在9月中旬，但丽江的天气仿佛是冬天一样，每天早上起床是一件非常艰难的事情。除了天气原因，还有就是芭芭拉的食量非常大，尽管晚上我们已经会多给它一点儿食物，但它饿得还是非常快，如果早上到了点没有起来喂它，它就会猛烈敲击铁门发出巨大的响声来表示不满。

我们对于它把我们从美梦中吵醒气得牙痒痒，有时候听到它的敲击声也会故意置之不理。但芭芭拉对它的早饭非常执着，或许它认为我们没有听到，所以隔一会儿就敲几下，并一直持续到我们出来为止。

其他几匹马的涵养就比芭芭拉高一些，或许知道敲击铁门会给我们带来烦恼，所以它们就算比较饿也不会敲击铁门。不过你可以从喂食的时候它们来回踩踏的脚步体会到它们的饥饿，并伴随着时不时的响鼻。

终于喂完了早饭，还有一些时间睡个回笼觉。早上八九点的时候霞姐一般都会做好早饭叫我们一起吃，早饭基本上都很简单，白米粥、咸菜之类的。有时候霞姐他们出去了，我和大希就自己解决。由于我不怎么会做饭，所以包圆了善后工作，基本上我在的时候都是我来收拾厨房。

上午一般不会有客人来骑马，所以到10点多的时候我们就会出发前往镇上买玉米皮，有时候霞姐也会带着儿子和我们一起去买菜。迈克哥开着特别带感的五菱宏光小面包在路上不断地超车。到象山市场后，我们轻车熟路地找到合作的商家，自己把玉米皮装到麻袋里再扛回车上，基本上来回要两个小时左右。回到马场把所有的玉米皮堆在马厩门口，方便我们喂食。

中午吃得非常简单，霞姐不做的话大希可能会做一两个菜填填肚子，或者干脆就吃方便面，一般到晚上霞姐才会认真展露一手做饭的手艺。

睡个午觉起来后，下午就开始有客人来马场骑马训练了。大希当时已经在马场待了几个月，也能够负责带课，迈克哥会按照课时给他结算费用。基本上下午的课都是大希在带，我有的时候会去旁观，有的时候也会帮忙备备马之类的。

下午下课后如果我想骑马也可以骑，第一次骑的就是芭芭拉，它刚上完课非常兴奋，我腿上都没怎么使劲儿它就噌地一下飞了出去，让我的屁股苦不堪言，搞得我好久都没有再理它。但第一次骑雅典娜则完全相反，拼了老命地踢肚子雅典娜也丝毫不动，看你着急了就慢悠悠地往前挪两步意思意思，它非常聪明，看你面生就会欺负你。

想要让马走起来有3个要素。首先你要用力地用小腿踢它的肚子，不用害怕太过用力，如果你踢得轻了它一点儿感觉也没有，除非你和它是相处已久的好朋友。其次是嘴上要发出急促的音节来命令它，类似"喷喷喷"这样的声音，关键点不在于语调而是语速要快，要有急促感；反过来想让它停止也一样，缓慢地发出"欧嘞"，让它感受到你的想法。最后就是控制方向，如果想让它往前走就两条腿一起夹，缰绳不要施加压力，如果想让它往左转就拉左边的缰绳踢右边的肚子，反之同理。

如果下午没课，我和大希的生活就丰富了很多。大希是一个桌游爱好者，有一次我们两个拉上两个客人玩了一把"农场主"，将近两三个小时的时间，最后以我的单方面碾压式胜利作为收尾，大家玩得都很开心。在这个游戏里，你可以发展很多方面，但要不断做取舍，如果你选择了种菜，你可能就无法在牧畜上有很大的发展，所以每个人在最开始都要确定自己的发展方向。大希全程都在搞事情，想着破坏别人的发展计划，结果最后反而是自讨苦吃，哈哈。

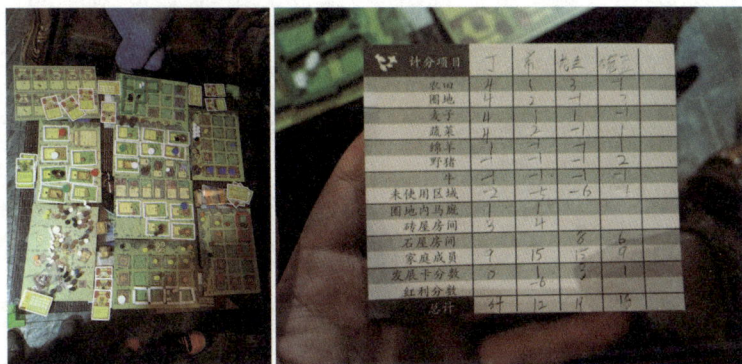

以34分遥遥领先哈哈

大希有一辆电动滑板车, 就是站在上面不用脚蹬的那种, 非常先进, 跑得比电动车还快。但它的轮子比较小, 骑起来总是一晃一晃的, 骑到30千米/小时以上就可以体验秋名山车神的感觉。下午没事的时候他骑着滑板车、我骑着电瓶车也会到处溜达, 时不时还去丽江逛一逛。

当然, 更多的时候, 我们也会骑着马出去玩。例如, 拉着雅典娜去旁边的古镇拍照, 非常拉风, 比你穿杀马特出去有用多了, 回头率百分百, 一路上都是想要拍照合影留念的吃瓜群众, 如果你拉着芭芭拉出去估计就没有这个效果。

为了把这段有趣的生活分享给大家, 所以那段时间一直都在进行视频的拍摄与剪辑, 包括文案与配音等, 消耗了大量的时间。视频里面介绍了马场的四姐妹、详细的骑马要领等, 用文字表达始终是一件费力不讨好的事情, 感兴趣的小伙伴可以扫码观看"如何驯服价值60万的弗里斯兰",这个视频也是剪得非常满意的一个片子。

下午下课之后收完马鞍,马儿不会立刻被赶回马厩,因为被人骑久了它的脊柱可能会不舒服,这时候就放它在马场里面随意吃草,过一段时间它就会在地上左右打几个滚来缓解一下脊柱的不适,跟我们伸懒腰一样。视频最后的花絮我放了一段芭芭拉打滚的镜头,守了好久才拍到。

有时候也会把四匹马全都放到马场让它们活动活动。唐月和唐心就特别兴奋,因为它们平常都待在马厩里,这时候它们就会在马场里肆意地奔跑。一般吃饭前我们会把它们赶回马厩里面,否则天黑了就不知道它们跑到哪里去了。有一次它们从大门跑了出去,迈克哥找了半天没找到,最后它们自己回来了。

让它们回到马厩也是一件头疼的事情,你从左边去追它们,它们就跨过中间的栏杆跑到右边,你去右边它们就去左边,反正就是不跟你回去。这时候只能拿根绳子慢慢地靠近雅典娜,因为它的性情最温和,同时也是马里面的大姐大,把它套住之后,剩下的马一看大姐大回马厩了,也就跟着回了。

(马场义工视频)

马场小趣事

小牛小牛

有一天迈克哥去旁边的文海办事,顺便就把我们带上了。文海的景色非常宜人,河畔有成群的牛悠哉游哉地吃草。大希尝试接近一头牛,那头牛趴在地上时不时地嘬一口青草,耳朵一扇一扇的,显得非常惬意。大希在很远的地方就蹲下来,显示自己没有敌意,手里抓了一把青草展示自己的友好,经过几分钟的缓慢靠近后他成功了,就算是抚摸牛的毛发它也没有任何反应。过了一段时间他缓慢地站了起来,离开了牛。

我重复同样的动作后也顺利地接近了小牛,在它的旁边坐下来望着它的眼睛,感觉非常的平静与祥和。坐了好一会儿后,因为迈克哥要离开了,所以只得起身离去。

玉米棒子

玉米马上就要下市了,我们从市场上买回来很多商家不要的玉米,把它们穿在绳子上挂在厨房门口,晒干之后可以储存更

久，可以当作马儿平常的小零食。有时候收拾完厨房我会顺手拿
两根回马厩喂给它们，借此可以摸摸它们的脑袋。

不过过分的是，每次放完风它们回马厩的时候必定会经过厨房
门口，你就发现玉米棒子莫名其妙少了几根，也不知道是谁干的。

铲马粪

每隔四五天我们就要铲一次马粪，因为马儿是素食动物，所
以粪便的气味并不刺鼻。铲出来后拉到旁边的草地上铺开，过段
时间就会跟土地渐渐地融为一体。有时候附近的农民需要马粪作
为肥料，他们也会来马场拉马粪，这样我们就不需要自己铲马粪
了，也是乐得轻松。

唐心唐月

唐心和唐月是寄养在马场的，后来主人想把它们接回文海自
己喂养，因为寄养在马场每个月还要给管理费之类的，无奈之下只
好送别了它们。唐月毕竟是母亲，还是很懂事的，牵出来的时候很顺
利；唐心则非常抗拒，它从小到大就没带过缰绳，老是想着挣脱缰绳
去寻找自己的自由，最后演变成了我们和唐心之间的拔河比赛。

最后上车的时候也非常苦恼，它们自然不愿意到狭窄的车
厢里，就算我们在车厢里放上平素它们爱吃的草料也无济于事，
它们仿佛知道自己上了车之后就再也没有回头路了一般。后来把
迈克哥给惹毛了，一脚把它们踹上了车。趁着最后一点时间，逮着
唐心拍了几张合影，它对于镜头非常好奇，经常凑上来看看这东
西能不能吃。

剃头发

大希有一个剃头发的推子，因为他对自己的发型要求很高，经常找我帮忙修理。最后临走的时候，他看我头发也很长，就想帮我剃一下。"我的手艺你放心！"他这样说道。在外面剪头还是非常贵的，三四十元起步是正常的事情，所以我同意了大希的要求。结果，修着修着就变成了这样（这怎么看都是一个光头啊，有没有）！

马场的时光过得飞快，因为干爹的画展马上就要开幕了，所以告别了迈克哥和霞姐，相约下一次再来马场听迈克哥讲他的江湖故事，吃霞姐做的蛋糕。最不舍的还是四匹马，和它们一一告别后，约定以后还会来看它们。

剃头发　　　　　　　　　与迈克哥的合照

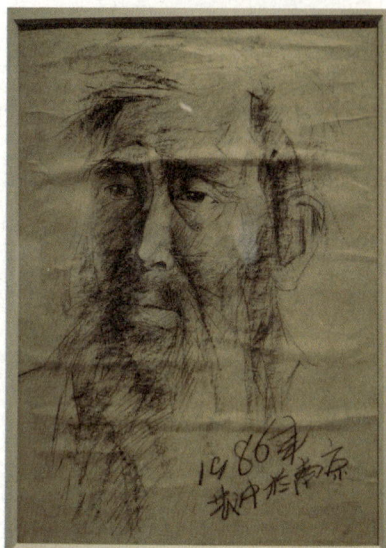

上海——干爹的画展

　　干爹当年来到上海的时候身上只有不到100元, 最后通过搞策划白手起家。他说搞策划实际上是迫于生计, 画画才是他真正喜欢的事情, 每次到干爹家中他总是在画画。这次是干爹的第一次画展, 他把他过往画得比较满意的画展览出来分享给大家。

　　画展之后去拜访干爹,他把贵人鸟在2008年发布会送他的纪念品赠送与我。他说他收到过很多纪念品,这是他很少留下来的纪念品之一,因为贵人鸟的精神是无人可挡,他非常欣赏这句话,也希望我能够学到其中的精神。

三亚——后海的慢生活

　　画展过后母亲又把我一脚踹出了家门，当时天气已经转凉，就想着去三亚做义工，又能避寒还能学习冲浪，美滋滋。因为我之前考到了潜水AOW的证书，所以想着能否在三亚找一个潜店，这样空余的时间还可以免费下海潜水刷气瓶。逛了半天发现三亚的潜店义工异常稀少，就此作罢。

　　最后在网上找到了澜海小筑的义工，澜海小筑是一家民宿，他们家还开了一家冲浪俱乐部，叫蓝夫冲浪，义工每天上完班之后就可以下海自己玩,所以兴冲冲收拾好行李就出发了。

初抵三亚

蓝夫冲浪在三亚的后海湾一带,那里被誉为初学者的冲浪圣地,每天都有大量的人冲浪。蓝夫冲浪是最早一批做冲浪店的,当时后海湾也没有几家冲浪店,还是一个小渔村,之后才慢慢发展到现在的规模。

澜海小筑平常管事的是璐璐姐和海峰哥,他们是一对非常恩爱的年轻夫妻,店里杂七杂八的都是他们负责。闯爷是一位东北大汉,说话非常豪爽,炒菜也特别好吃,平日里都是闯爷做饭。璐璐姐他们接待过很多义工,所以他们的义工规则非常详细,到店里后签署一个简单的协议,然后上交500块钱押金就可以成为义工了。

当时的前台是小李哥,他带着我去了宿舍。我、小李哥、闯爷睡一间房间,两张上下铺,一张大床,懒得麻烦就选择了剩下的一张大床。平日里的工作也比较简单,前台的入住等由小李哥负责,房间的打扫也有专门的阿姨,义工就负责早上打扫一下大厅,帮客人拎一下行李,客人退房就查一下房。工作的时间有严格规定,上午8点半到下午2点半,工作完之后剩余的时间就可以随意活动。

工作与生活

澜海小筑的工作实际上并不多,在岗的时候如果没有客人也可以干自己的事情,读读书、看看剧都是可以的。

后面又来了两个义工小伙伴,思乐和郭威。思乐之前也是做

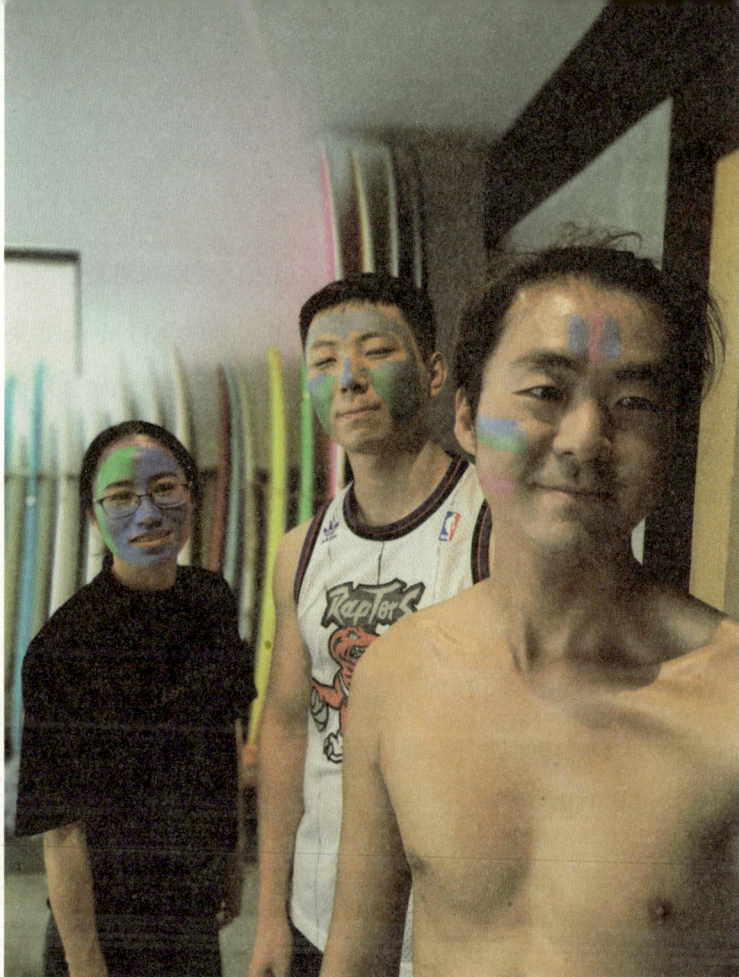

前面的是思乐，后面的是郭威

领队的，性格非常开朗、乐观，保持良好的运动习惯，每天都跑5公里。郭威则是一个刚刚毕业的飞行员，即将步入工作，所以这是他的第一份义工工作，也是最后一份。

我和郭威聊了很多关于飞行员的故事，其中令人比较感慨的就是飞行员的终生绑定制度。在高中的时候通过了体检就可以进入航空公司,航空公司会赞助这些学员去国外航校进行学习,但必须签订长久的合同,基本上一辈子就必须做飞行员了,如果后续想要转到其他航空公司会非常困难。通常飞行员的福利待遇特别好,所以很多人想成为飞行员。

大航空公司的工资普遍比小航空公司低一些,但大航空公司有一些优势,例如飞行的时间都是黄金时间,上午九十点,下午三四点这样的航班,很少出现大夜班;福利待遇也会更好一些。

在三亚后海湾那段时间,比较神奇的就是村里隔三岔五就有人举办婚礼,感觉所有人都扎堆在一起结婚。宴席往往要摆上二十几桌才罢休。据说这段时间是村里比较清闲的时候,也算是黄道吉日,所以大家都商量好了一起办。村里的人吃得很开心,不过我觉得更开心的是婚庆公司。

　　三亚的生活节奏整体比较缓慢，大家都是想来放松度假的。平日里的生活就是早上上班，下午休息的时间下海冲浪，晚上就在后海村里逛逛街。由于是一个旅游村，所以不管什么时候村里都非常热闹，街边有很多小摊、烧烤、饭店以及清吧。但我最喜欢的还是椰子，如果有熟人跟老板认识的话，只要五六块钱就可以买到一个，清凉又解渴。

冲浪初体验

　　冲浪是三亚生活中的重头戏，来后海湾旅行的游客基本上是奔着冲浪来的，如果你在路边逛街，没走两步就可以看到一个冲浪店。我们店里也摆了很多冲浪板。板子有长短之分，长的一般是九尺泡沫板，浮力很大，追浪更轻松，站立更稳，非常适合新手

可以看到图片左边的浪属于白浪，右边的浪还未溃散属于青浪

练习。当然九尺长的板也有硬板的，硬板站立会比较困难，所以一般会在板面上涂蜡来起到防滑的作用。

短板板头更尖，浮力比较小，一般只有高手才能用短板，新手根本站不起来。在冲大浪的时候，为了有足够的速度，必须用短板才能冲，一开始我看到那么短的板子还以为是给小孩子用的。

蓝夫冲浪有很多教练，跟我比较熟的是郭哥和孙哥。郭哥以前是一个潜导，浑身晒得黑黝黝的；孙哥除了在冲浪店教学以外，在冬季他还要回到内地教别人滑雪。最开始是郭哥教我如何冲浪，他也非常好心借了一件湿衣给我，让我不至于光着膀子在海里冲浪。

浪一般分为两种，青浪和白浪。青浪溃散之后会有很多泡沫与水花，看起来就是白色的，所以叫白浪。白浪的推力非常强，所以新手最开始接触的是白浪，你能够很轻松地找到节奏并且站起来。青浪则是溃散之前的浪涌，浪涌的推力并不强，它更多的是上下起伏的力量，我们需要掌握一定的技巧之后才能够追上它。

郭哥带我找到了一片白浪比较多的地段，第一次尝试只需要趴在板子上摆好姿势，郭哥看到白浪快接近板子的时候会推一下板子给一个初速度，板子被白浪推动后有非常强大的前进力，这时候你只需要尝试从板子上爬起来并保持一个正确的姿势，然后就可以自由享受冲浪的乐趣。这个技巧并不难，普通人在尝试几次之后都可以非常顺利地进行起乘。

在顺利掌握了白浪如何起乘之后我非常兴奋，并且向着更进一步的目标不断努力。

冲浪进阶的小技巧

在后海冲浪会明显地分为两个区域,一个是在岸边的新手区,另一个则是更靠近海洋的老手区。如果你想让自己能够在老手区里面练习,有几个要素是需要掌握的。

1.学会坐在板子上

新手区的深度非常浅,基本上只能没到腰部,所以平常等浪的时候只需要站着,或者趴在板子上。但老手区的深度都是没过头顶的深度,一直趴在板子上也非常难受,所以首先要学会的就是坐在板子上。

一般我们会选择坐在板子的尾部,把两只脚放在水里充当螺旋桨,板头微微翘起,这样浪来的时候可以迅速调整方向并且开始加速。但刚刚上手的萌新很容易重心不稳朝着一边翻到水底下,然后再从另一边冒出来,只需要勤加练习,相信任何人都能够很快把握重心。老手对于板子的掌控非常夸张,他们一般会选择短板,因为浮力较小,整个腰部都会淹没在海中,板头几乎是90度的指向天空,但他们却能够悠然自得地坐在板子上。

2.学会调整方向

当你学会如何悠然自得地坐在板子上后,你就要开始学习如何调整板子在海中的方向。一开始我只知道用一只手在旁边前后划水,结果划了半天发现自己依旧纹丝不动。后来郭哥告诉我,要两只手在水里面转圈圈,如果加上两只脚一起转就更快。当然这一技巧也需要长年累月的练习。那些高手在两秒钟之内就可以把板子翻转180度，然后迅速开始划水追浪。

但我直到最后离开的时候也没能很好地掌握这个技巧，基本上都是提前摆好板子的方向再等浪，这就需要我的头一直往后看浪有没有来，对于脖子是一个比较大的考验。

3.学会划水

手掌闭拢，从板子旁边伸下去画一个半圆，动作要干脆而有力。如果贪图速度两只手像风火轮一样前进，没过几秒你就会感受到肌肉的抗议而放弃。这个动作是追浪的基础，如果你划水的速度不够快，青浪的推力就不足以把你的板子推动。这也需要勤加练习，不过这个动作练习的机会比较多，在不能走路前进的水域都靠划水。

当然你也不用太过执着于趴在板子上划水，你可以选择自己喜欢的任何姿势前进，有些人喜欢跪坐在板子上划水，但趴在板子上是最省力的姿势。

4.注意起乘的角度

掌握以上3个技巧之后，就可以尝试在老手区追逐青浪。当我们排除千难万险，终于从老手那里抢到了一个比较好的浪点，最难的部分就是起乘。青浪和白浪不同，白浪没有角度，所以我们只需要简单地从板子上站起来就可以了。但青浪是有一定垂直角度的，此时你唯一需要注意的就是不要让自己的板头进水，在起乘的阶段尽量把重心往后靠让自己的板头翘起来。如果板头不慎进水，迎接你的就是汹涌的浪花，这也是我经受过无数的跌倒后总结出的经验。

5.注意安全!注意安全!注意安全!

这是最最重要的事情!没有人希望自己在冲浪的时候遭遇事故,在冲浪的过程中,我们难免会被浪花卷进去。我当时也尝试去冲近似管浪的大浪,当你没有起乘成功而跌落其中时,你会感觉自己被扔进了一个巨大的洗衣桶,海浪会把你狠狠地转了一圈又一圈。

这时最重要的事情就是冷静,双手抱头缩成一个团,防止自己的头部被冲浪板砸到。在海底转了几个圈之后,感觉海浪已经平静了下来,就可以把身体舒展开来往海面上游。因为冲浪板尾部会有一根绳子连接自己的脚踝,所以,你可以轻易地在附近找到冲浪板,用手在脚底把绳子捞起来,把冲浪板拽到自己的身边。

如果只是这样还不是最危险的,因为冲浪板绳子的连接方式是魔术贴,虽然魔术贴一般情况下都非常牢固,但如果海浪的冲击力比较大,也是有可能把绳子扯开脱落的。没有了冲浪板,我们在海水中的任何行动都会耗费巨大的体力。大海不像泳池那样平静,它的浪非常频繁,回涌也非常猛烈,这时我们唯一的目标就是尽快回到岸边,有节奏地向岸边游去。

有一次郭哥的脚绳被扯开了,冲浪板也被浪花冲到了岸边,只能自己往回游。当时浪比较大,回涌比较严重,虽然离岸边只有几十米的距离,但郭哥说他当时游了将近半个小时才回到岸上,真正算得上九死一生。我也有几次脚绳脱离的经历,但幸好离岸边比较近,所以没费什么力气就游回了岸上。

筹备哈巴攀登

在三亚，除了冲浪，我的另一件大事就是筹备攀登哈巴雪山。

几年之前攀爬了四姑娘山的大峰，对于我来说过于简单，都是碎石路段没有任何技术挑战，但下山的时候着实有些心惊胆战。当时走得太快，到了山顶之后天还都是黑的，没能拍到日出。所以之后一直想着有机会再爬一座山。

当时在和父母讨论关于未来的事情，我说自己想做旅游，父母就建议我先做一些小小的尝试，例如，先自己组织一次出行的活动，积累一些经验。

既然是出行，自然是要找喜欢的线路，于是我想到了哈巴雪山。哈巴雪山位于香格里拉东南部，与玉龙雪山隔虎跳峡相望，是喜马拉雅山造山运动及其以后第四纪族构造运动的强烈影响下急剧抬高的高山。最高峰海拔5396米，而最低江面海拔仅为1550米。"哈巴"为纳西语，意思是金子之花朵。

哈巴也是一座入门级雪山，适合没有任何经验的人进行挑战。如果单纯攀登哈巴未免太过单调，刚好马场离哈巴很近，所以就把马场也加入了行程，希望大家能够玩得更开心一些，这就是最初的线路规划。

云南——
组织攀登哈巴

作为一次正式的活动，自然包括宣发以及后续准备，这些工作都是在三亚进行的，最后直接到马场进行行前准备。接下来分享一下整个活动的全过程，包括一些活动中出现的意外事件。

前期筹备

举办一个活动的前提条件就是有足够的人参加，当时写了一篇软文叫《攀人生中的第一座雪山，骑人生中的第一次马。12

月20号等你一起来》，发在了"爱学医的旅行者"（现更名为"黑狼户外Explorer"）自己的公众号上，因为自己公众号知道的人比较少，最后我母亲的公众号也帮忙推了几次。

当时对于活动能否成行非常紧张，毕竟是第一次举办活动。第二天红梅姐就报名了，让我感到有些激动，随后的十几天陆续有人问询，但因为各种各样的原因没有成行，最后李佳愚阿姨的加入才让活动得以顺利举行。

确认了想去的目的地之后，开始考虑如何获取当地的活动资源。因为板眼哥经常去哈巴雪山，在那里认识很多人，所以板眼哥给我介绍了当地的地接老七进行合作。这种户外团领队一般是免费出行的，地接会提供相应的装备和住房，虽然这次的人数比较少，但老七也非常大方地给了我免费的住宿与装备。马场这方面也跟迈克哥和霞姐沟通了一下，因为他们经常接待大型的团队活动，所以也没有问题。

除了最主要的目的地，衣食住行以及安全也是需要考虑的。

关于衣物，由于是高海拔的攀登活动，所以需要一些基础的装备，登山杖、登山鞋、冲锋衣、手套，等等。前期我们建了一个群，在群里面详细整理了一份所需的装备清单与推荐的购买链接，让每个人进行核对，抵达当地之后再检查一遍，基本就没有什么问题了。

关于吃饭，我自己在马场吃饭都非常随意，很少到外面吃，但如果带别人过来玩，自然要吃一些当地特色的食物。询问霞姐后，她推荐了两家店，一家是当地的柴火鸡，一家是腊肉排骨火锅。实地体验之后都很不错，柴火鸡尤为推荐，全名叫"佳乐柴火土灶坊"。

关于住宿，因为在三亚无法看到实际的住房，所以提前到当地进行准备。到丽江看了一些高分点评的酒店，感觉不是很理想，最后选择了民宿。因为民宿有整套出租的别墅，一楼还有公共空间可以使用，会让大家感觉更舒适一些。

关于出行与行程，计划是在丽江集合丽江解散，全程一共6天，最后马场算半天，因为下午他们定的飞机比较早，所以会提前打车把他们送到机场。

关于安全，由于攀登哈巴雪山也算是极限运动，所以肯定要单独购买保险，这方面哈巴老七都会解决；同时为了进一步保证安全，协作都是一比一的。另外，我还单独购买了一个覆盖全部日期的保险。同时也要询问清楚骑马是否包含在保险项目内，工作人员就单独推荐了一个保险品种。

正式出发

DAY 1 丽江集合，整理装备

早上从市区坐公交前往机场，联系好了司机师傅后就耐心等待。过了几个小时，大家陆陆续续抵达，接机非常顺利。晚上6点左右抵达别墅，别墅坐落在束河古镇的旁边，逛束河古镇非常方便。分配好房间，之后在大厅集合，给大家讲解登山过程中需要注意的一些事项。

这时候出现了一个意外情况。当时下车的时候天已经完全黑了，我们拿好行李就回房间休整，李佳愚阿姨过来跟我说她的登山杖不见了，因为她上车的时候顺手把登山杖交给我拿着，我在房间里找了一圈并没有发现阿姨的登山杖。由于登山杖是非常重要的徒步装备，可以帮助我们节省很多力气，所以当时非常紧张。

我记得我已经把车里所有的东西都拿下来了，但在房间和大厅里没有找到，只能打电话询问司机师傅，司机师傅也非常好心地把车停下来帮我在车里找了两回，结果依然没有找到。我想着把我自己的登山杖借给阿姨使用，我自己的体能应该是没有什么问题。为了这个事情忙活了将近半个多小时，后来红梅姐说她看到车里有一双登山杖就顺手拿下来放自己房间里了，也算是比较顺利地解决了。

在大厅讲解了一些登山需要注意的事项，同时也检查了一下大家的装备，确认一切ok后就打车去吃柴火鸡。柴火鸡给大家带来的体验都很不错。回去后就休息睡觉准备第二天的行程。

DAY 2　出发前往哈巴村

因为我住在马场，所以早上打车来到别墅，在周边给大家买了一些包子当作早餐后就准备出发了。当时因为某些地段在修路，不得不绕一个大圈子进山，路程会长很多，早上八九点钟出发，下午四五点钟才抵达哈巴村。中午杨三向导在路边找了一家经常吃的餐馆，点了一些菜解决午餐。

抵达哈巴村后，大家见到雪山都非常兴奋。在收拾好行李之后，哈巴老七在客厅给大家讲解了明天攀登的注意事项，并说明了一下大概行程，明天前往大本营，后天凌晨登顶并下撤，大后天坐车返回。

抵达哈巴雪山大本营

关于高反方面，哈巴村的海拔在2600米左右，父母、红梅姐和佳愚阿姨都没有任何高反表现，玩得非常开心。晚上村子里也没有太多可以游玩的地方，大家很早就睡了。

DAY 3 前往哈巴大本营

早上8点钟，所有人带好自己的装备准备上山。由于担心大家的体力不支，所以我们请了两匹马上山，一匹马单程300元，这样有人走累了就可以骑在上面休息一会儿。由于有一定的坡度，所以骑起来还是比较刺激的。

一路上有说有笑，下午三四点钟抵达了哈巴大本营。通常来说登山的大本营条件都不会很好，上次爬四姑娘山的大本营就是石头堆砌而成的营房，四处漏风；这次的大本营差不多是木头做的大通铺，最严重的问题就是灰尘，随便在地上踩一踩就是尘土飞扬，呼吸非常压抑。建议大家可以自己带帐篷上山，反正有马帮你运送物资。

抵达大本营后，杨三向导为我们讲解了关于冰镐、冰爪、安全带等用法。同时也表示明天的攀登得看天气，如果天气不好的话可能就登不了顶了。

吃完晚饭后，虽然才7点多，但夜色已黑，山里面的信号也不好，大家都已经躺在床上准备睡觉了，毕竟第二天凌晨两点就要起床。山里的空气比较寒冷，为了保暖她们带了很多暖宝宝上山，每个人都贴了十几片暖宝宝在身上，然后……她们就被热醒了。

晚上大家陆续开始出现高反现象，表现为头晕头痛，有些发烧。我妈和佳愚阿姨比较严重一些；我爸轻一点儿，有些头疼睡不着，后来他自己跑出去看星星去了；红梅姐啥事没有睡得非常香。因为没有人有特别严重的症状，所以烧了一些开水喝，再喝了一些葡萄糖，大家也就昏昏沉沉地睡过去了。

DAY 4 下撤，返回丽江

凌晨两点，大家都被叫了起来。虽然我妈和佳愚阿姨还有一些高反的症状，但向导鼓励她们可以往上走一走尝试一下。我陪着最有希望登顶的红梅姐一起走。我爸则因为身体原因放弃了冲顶，直接在营地等我们。

出发时非常顺利，在登上山顶前经过一片小树林，在树林里一点儿都感受不到风的存在。走了20多分钟，出了树林进入山脊，风渐渐大了起来。一开始只是微风，到后面则是狂风大作，所有人都感觉自己的脚下轻飘飘的，经常被风吹得跌倒。杨三向导带着我们继续往山上走，看有没有可能待会儿风会小一些，最后风强到我们只有靠着石头才能站稳。

我们停在石头旁边休息，就看到比我们出发更早的队伍从前面源源不断地返回，和前面的队伍沟通后发现风还是很大，非常不利于攀登，无奈之下只能选择下撤。我妈和李佳愚阿姨因为身体原因也返回到了营地。

原计划登顶返回营地要将近中午12点，但现在才早上六七点，我们决定现在下山，然后直接返回丽江，这样明天还可以抽出一天时间在丽江古城游玩。这里没有选择多等一天的原因是大家回程的机票都已经订好了，多等一天时间上来不及；其次当时大家都有轻微的高反症状，下撤更有利于大家的恢复。

中午我们下撤回到了哈巴老七家中，一旦下了海拔，大家的精神就彻底缓过来了，说说笑笑地下了山。下午老七安排杨三向导把我们送回了丽江，晚上我们在束河古镇吃了当地的火塘，实际上就是火锅加烧烤。

今天下山的时候实际上出了一点儿小插曲。昨天晚上杨三向导问我们要不要骑马下山，要的话就给我们留着，我们一开始没有理解，说那就留两匹呗，我们明天看看要不要，当时为了要不要留马也是商讨了半天。今天下山的时候大家状态都不错，杨三向导一路上都在问我们要不要骑马，我们都选择了拒绝。回到基地后老七就跟我要下山骑马的钱，我说我们没骑呀，他说那马本来昨天就应该下山了，你们留了两匹下来就是要付马钱的。

当时实际上有点懵，要是杨三向导早说不骑也要付钱的话，大家在下山路上肯定会骑马休息一下的。这个问题本质上就是双方沟通出了差错。本来骑马应该是谁骑谁付费的，不包含在整个行程的费用里面，我还是直接把600块钱转给了老七，并说下一次应该提前跟我们说清楚，这件事情也就这么过去了。

DAY 5　闲逛丽江古城

因为这是计划之外的一天，所以大家在吃过早饭后前往丽江古城，然后解散自由活动，在周围逛了逛公园，晚上在象山市场吃了腊排骨火锅。总之就是逛逛逛、买买买的一天。

DAY 6　骑马

早上把所有的行李收拾好打车去马场。依旧是大希做教练，最后迈克哥也上去表演了一下盛装舞步的基本动作，让大家惊叹不已。下午吃过霞姐依旧非常nice的蛋糕下午茶后，分别叫了两辆车送他们去机场。

整个活动就到此结束了，总体来说还是非常顺利的。唯一比较大的遗憾就是天气不好没能成功登顶，这跟自己选择的季节也有关系，虽然哈巴是一个全季节性的雪山，但它攀登的最佳时间在五六月份，那个时间遇到大风的概率会小一些。十二月末的天气就比较恶劣，在山下就能看到山顶扬起的雪花，听说后面几天尝试登山的小伙伴也都没有成功。

后期剪辑

活动结束后，在马场又待了一段时间。一是因为需要尽快把哈巴的视频剪出来，如果大家感兴趣也可以在B站搜索"黑狼户外Explorer"，里面的《哈巴雪山攀登纪实》更全面地描绘了这一次的活动；二是因为想要和马儿多待一段时间啦。视频的二维码也放在这里啦！

之后的一段时间，骑着芭芭拉在旁边的草原策马扬鞭，狠狠地过了一把瘾。芭芭拉虽然喜欢跑步，但有的时候它不怎么听话，这时候就需要在旁边的草丛里随便捡一根树枝握在手上，不听话的时候就抽打几下，自然就听话了。芭芭拉非常聪明，在往草原深处跑的时候，它知道离家越来越远了，所以就不肯卖力；但你掉过头来往回跑的时候，它就撒开脚丫子一路狂奔，它知道这是回家的路，此时你就可以体会到什么才叫真正的速度。

（哈巴雪山）

左 - 丁浩宇
右 - 张延林

横店——圆梦群演

　　当时已经快要过年了,因为在穷游期间父母也不让回家过年,好在我倒没有什么节日的概念,于是就想完成之前没有完成的梦想——做群演。都知道上一次想做群演的时候被传销给骗了进去,还是不甘心地想再次尝试,出发前在网上查阅了大量的攻略,废话不多说,走起。

初至横店

在横店第一件事,最紧要的事情就是找房子,租了房子才能去办理暂住证,办理了暂住证才能办理演员证。之前知乎上的老横漂推荐了两个公众号:一个是"横店兔";另一个是"东阳市横店影视城演员工会"。官网的公众号里会发放选角日期的通知、放假的信息以及查询自己的工资,是必须要关注的。"横店兔"则介绍一些明星的花边新闻,或者最近有哪些剧组在横店开拍,也有一些住宿的推荐,"横店兔"的推荐更有保证,住的地方基本都有监控,价格上会更贵一些。

坐到杭州的萧山机场,机场有直达横店的大巴,经过两三个小时的奔波后,终于抵达了横店。打个车来到了住宿的地方,在一个名叫"博友网咖"后面的小巷中,竖立着一块牌子"心安客栈",对了对手上的住址信息,确认无误后走了进去。

经营客栈的是一对夫妻,年龄也不大,也就大哥大姐地叫着。看了看房间感觉还可以,虽然不大但是比较干净,走廊外面也有摄像头一直监控。大姐拿了份合同出来让我签字,一式两份双方各留一份。

租金650元一个月,押金400元,被褥50元,水费电费另算,电费1.3元一度,水费20元3吨,超过三吨每吨5块钱。租金相比于大城市来说便宜很多,上海随便一个隔断房就要1500元往上还是公卫,想租到一个比较好的单间没有两三千根本打不住。但对于横店来说,这样的房子价格已经不菲,800元的租房费就算是顶天了,如果想要更节省一些,可以两个人合租,分摊下来一个人只需要三四百元。还有更极端一些愿意住地下室的,甚至可以一百多块钱搞定。

签好合同,大姐带我看了看电表和水表的位置。虽然再怎么用电一个小房间一个月也用不了多少钱,但人类仿佛对这种会实时变化的数字特别敏感,导致我养成了每天上下班的时候看电表的乐趣。有一次出门的时候忘了关热水器,回来后发现电表跳了四度,心疼了半天。水表倒是动静不大,用半天也不见数字有增长,可能不用做饭水就用得少吧。

"演员证办了吗?"搬进了房间后,大姐问我。"没呢,正想着去办呢。""要不要我老公带你去办?就一直带你到办下来为止,毕竟你来回打车也要钱的嘛!""多少钱?""50块就行了。"歪了歪头,想了想之前的传销经历,以及在网上看到的横店一些危险的经历,"好吧,那就麻烦你们了!""行,那明天吧,今天办不了了,明天他带你去办证。"

"旁边有一家横漂食堂,很多演员都在里面吃饭的,你也可以去试一下,我就在里面工作,到时候我给你多打一些。""麻烦姐了!"横漂食堂也是之前网上很多人喜欢去的一个地方,物美价廉,但很多时候拍戏都会拍到晚上,往往回来的时候横漂食堂已经关门了,所以我真正在横漂食堂吃的次数并不多。

当时办理演员证所需的资料还是很多的,有以下内容:1.身份证;2.身份证复印件;3.一寸证件照一张;4.本人银行卡号,中国银行、建设银行、工商银行三选一(中国银行与建设银行需要本地卡,工商银行全国通用);5.工本费10元,需要现金;6.黑色水笔一支;7.暂住证(去横店镇综合便民服务中心办理);8.一次性口罩一个。

看起来很复杂,实际上并不困难。先拿着和房东签署的住房协议与身份证,骑着共享单车去便民中心办理暂住证。到手之后,如果没有符合要求的银行卡,就去当地的银行开一张,没有身份证复印件的话,找个打印店顺便复印一下。之后备齐其他需要的物品,到演员工会办理就可以了。所以,大家并不需要房东的带领也可以成功办理。

当时去演员工会的时候还在装修,到处都是脚手架,在一个小门排队,量体温,进去之后就测身高。身高对于想要晋升的演员来说是一个硬性指标,只有1.72米以上才能申请前景。刚进去的时候大家都是群演,如果对自己的容貌比较有信心,可以参加每隔几个月横店演员工会举行的前景选拔活动,成为前景后上镜的概率更高,拿到台词的机会更多,当然工资待遇也会更好一些,也意味着你可以继续往上晋升。

但这也是风险巨大的赌博,每个人一生之中只能考一次前景,所以很多人觉得这个月状态不好就不会去参加前景的面试,例如,脸上长了个痘痘没消之类的。我刚刚好过了1.72米的标准线,可以面试前景,但对于自己的容貌有自知之明的我,果断选择了安心做群演。

量完身高之后,要进行考试才能领取演员证。考试非常简单,都是类似这种:

作为一个演员,我们在片场应该保持怎样的行为规范?

1.随地吐痰,大喊大叫。

2.耐心等候导演的安排,不随意走动。

3.随意离开现场买东西,和别人聊天。

要是这种选择题都选不对的话,我觉得做演员确实有点够呛,能顺利活到今天也是一个奇迹。就算第一次没有及格,也可以反复刷题,或者悄咪咪问一下旁边的同学,最终只要考到90分以上就算过关。

考试通过后,演员工会的工作人员讲解了一些基本规则,类似在哪里查工资,在片场应该怎样配合导演,等等。随后在门口排两队发放演员证,当时安排了两个领队供我们选择。

领队的意思是你以后就跟着他混了,每个领队都有自己发公告的微信群,隶属于横店演员工会,每天晚上7点钟领队会在群里发一条消息"预报名开始",所有人在后面跟帖自己的姓名与当日体温。领队会根据跟帖的先后顺序发放通告,所以先跟帖的人会有更大的概率被选上。

当然,作为新人是有新手保护期的,前三天你可以在自己的姓名后边标注新人,不管你跟帖在前面还是在后面,领队都会给你排上通告。

跟帖也是强制性的,所有人必须跟帖,没有跟帖的话领队会来问询是什么原因,想要休息必须提前跟领队说,但每个月申请的次数不能太多。所以有时候不想拍戏了,就会故意很晚跟帖,通告少的话,就轮不到后面的人拍戏了,这样也省得跟领队去申请,有的时候通告非常大,需要的人很多,领队也不会轻易给假。

不同的领队每次接到的通告都不一样,如果你不喜欢这个领队,觉得他每次的通告都不是很好,也可以跟演员工会申请换领队,但这方面有非常严格的次数限制,不能频繁更换。

每天晚上的通告都是一次赌博,只有领队知道明天的通告是什么,而群演是没有任何选择余地的。有的时候是早戏,需要凌晨两三点起床,有的时候是大夜,需要午夜过后一两点才能结束,这都是只有在公告发布后才能得知的消息。如果你和领队混熟了,他自然会给你安排一些比较好的通告。

加群、拿演员证之后就算正式成为了一名群演。晚上正式开始抢戏,结果还没到7点钟,6:59的时候就有一堆人把自己的名字发了上来,这是因为那些老人已经提前编辑好信息,准备卡着点发送,保证自己排名是在最前面的,如果这个关键的时间点有一个人不小心手抖发送了消息,很多人就会下意识地把消息发送出去。看着群里面慌里慌张地撤回消息,不慌不忙地打上新人两个字。

关于演员体系

关于演员

演员的晋升是一条非常复杂的道路,除了我们所熟知的那些大牌小鲜肉明星有独特的机缘或者人脉以外,普通的演员想要获得晋升,是非常非常困难的一件事情。有一次拍戏的时候,一个名不见经传的小演员跟群演分享到,他努力了10多年,才从群演、跟组慢慢做到现在的位置,看起来很风光的样子。但他这样的小演员却依旧是大家口中的十八线演员,想要继续努力成为大演员的希望非常渺茫。

最底层的自然是群演,群演就是活动的背景道具,工资也非常低,平日里一个月撑死三四千了不得了,10个小时的日常工作时间,每个小时9块钱的加班费让剧组用起群演来毫无顾忌,要知道大的剧组一天的开销几百万上下,这点钱对他们来说就是毛毛雨。

群演的组成也非常复杂,全国各地的人都有,大部分是想要来体验生活的大学生;一部分是真的为成为演员而努力的群演,他们会想办法经常接戏,平常没接到戏就到演员工会门口等着看有没有鸽子;还有一少部分则是在横店游手好闲的闲散人士,横店的生活水准很低,租房子一个月几百块钱就能搞定,对他们来说,只要这个月出工的钱,够这个月生活就够了。

群演再往上则是前景,意思就是相貌不错、身高也够格的群演。他们的工资则上升到了一天两百多元,并且剧组不会让他们轻易换服装,因为他们换服装是要加钱的,而群演则不用加钱。成为前景,意味着有更多的上镜机会,将会被安排在所有群演的前面,甚至有的时候还可以捞到一两句台词说一说。

前景再往上走,就是特约演员,意味着你拥有自己的演员资料卡,演过一些非常小的角色,特约也分大特、中特、小特,价格在几百到几千元不等。

特约再往上,就是小角色,男二女二,男主女主,在这个阶段的晋升速度,取决于多方面的因素,演技、外貌、身材、性格、人缘,等等。这个领域的价格就不是我们小群演能够掌握到的信息了。

其他演员种类

除了庞大的群演人群外，还有很多人从事比较特殊的行业，比较常见的就是武行和马行。

武行负责的是武打戏份以及一些高危动作，例如，吊威亚等都是武行来做，通常武行的价格跟前景差不多，200元左右一天。

马行就是负责租借马匹，提供会骑马的群演。马行对于马儿的照料没有马场那么精细，除了需要上镜的马颜色光泽都很不错外，平常充数的马则照顾得非常潦草，当时演一场押运粮草进山寨的戏码，马的身上有脱皮、伤口之类的一概不管，马的品相也不是很好。

如何才能加入这些特殊的行业呢？

武行和马行一般都会提供自己的培训课程，上完他们的课程会提供就业的机会。或者还有更简单的方式，因为大部分武行马行不在横店影视城的管辖之内，所以走的都是现金，每天收工的时候把现金发给你。现金戏一般有自己的群，例如，"外围武行现金群"，里面会经常发一些武行有关的通告信息。

通过这种群进入武行的小伙伴，实际上跟群演的任务差不多，有的时候剧组要的人比较多，武行、马行自己本身的人不够用，就会从这种现金群拉一些人进来凑数，到了片场也不会让你做一些高难度的动作，就在旁边拉拉威亚划划水就行了。但工资也跟群演差不多，150元左右一天。如果你经常在这种群接戏，跟他们混熟了之后也可以正式加入武行。

这种通告因为比较酱油，来钱快，可以选择演什么，所以也有很多人喜欢做，唯一的缺点就是不能走演员工会，真实性方面难以保证，最好有熟悉的人带领你入门。在做群演的时候和老横漂聊起来，他们微信里基本有十几个这种群，你需要的话他们会把你拉进去，演员工会没有戏的时候他们就从其他群里接戏。

除了台前的群演、武行、马行，也可以选择做幕后的工作，例如场务、道具、灯光，等等。因为这些工作需要大量人手，剧组也养不起那么多人，所以一般都会在当地找一些临时工，工资会比群演高一些，一天250元左右，现金结算，但工作也累很多，需要搬运大量的东西，进群的方式依旧是找那些老横漂聊天。

关于剧组内的分工

群演最常接触的就是道具、服装和化装。管理服装和道具的人，我们一般称为道哥。群演最怕的就是丢失道具，因为赔偿金额都是剧组说了算，如果跟剧组关系一般的话，他很可能就随口说一个高价，你还必须得赔，很可能一个小发箍就是群演一个星期的工资。

所以，在进片场的时候领队会着重强调，拿了道具一定要签字，还回去之后一定要把自己的名字划掉，如果没有划掉道哥直接说你没还，最后吃亏的还是自己。一般来说只要按照流程走，剧组的人也很好说话，不会为难群演。

除了身上的道具，头部的一切都归化装组管。如果演的是战犯或者士兵，化装通常会做一些抹黑变糙之类的工作；如果演的是古代戏或者是玄幻剧情，通常还需要佩戴发套，这也是化装组来粘的。

戴发套的体验非常神奇，同时也是群演赚外快的好时机。把头发鬓角部分留长一些，剧组为了能够带上发套就要把你的鬓角剪掉，同时会给你一些补偿金，理发倒贴钱了解一下，不过手艺可能会粗糙一些。

发套是通过类似于胶水的东西粘在头上的，当然不是粘在头发上，而是将发套周围延伸出来的一些透明布条粘在额头上，黏性非常强，你不去玩弄它一天也掉不下来。刚戴的时候还好，但是戴久了之后非常难受。这种胶水是很难用水洗掉的，只有回到剧组宾馆，化装师用酒精才能擦掉。

当然，一个剧组里面还有很多职位，演员副导演、灯光、灯光助理、主吊、陈设、摄影、摄影助理，等等，整个剧组的构成是非常复杂的，但这些职位跟群演的交集不多，所以暂且不表。

小群演的生涯

DAY 1

第一天自然是顺利报上了戏，早上6点半集合，因为集合点不是很远，所以不需要在演员工会集合坐大巴，直接自行前往集合地点。骑了半个小时的共享单车来到了现场。

领队点完人数之后开始讲解一些园区内的注意事项并收缴演员证，演员证会在当天演完戏后还给自己。领队会强调不要乱扔垃圾，保持现场安静，不要随意离开现场之类的话语。

　　到了剧组演戏的地方，今天拍的是一场雪景戏，衣服都比较厚，刚好是冬天也没什么。虽然横店没有下雪，不过剧组拍雪景的时候用的都是人造雪花，所以哪怕是夏天也照拍不误。第一次拍戏非常兴奋，剧组的戏码很简单，大反派率领一群小兵来搜正派角色的家，我们扮演的就是大反派手底下的士兵，一共十几个士兵，剧组还另外请了4个前景用来充当门面。执行导演让人带我们走了一遍破门的线路之后就让我们休息。

　　所有的群演都挤在旁边的一个小房间里面休息。第一天我就带了个包过去，蹲在旁边瑟瑟发抖，老群演则把躺椅撑开衣服一蒙开始补觉，有些年轻人精力比较旺盛掏出扑克开始打牌。群演有大量时间是在等候剧组的传唤，所以老人都会带一个躺椅方便休息。在横店的街头你可以看到很多拎着躺椅走来走去的群演，这也是横店独有的风景。一开始我觉得拎着大椅子走来走去很麻烦，过了几天之后我也买了一个躺椅，因为经常有夜戏，没有椅子的话非常难受。

　　不需要说任何话语，不需要注意任何表情，只需要完成导演给出的动作，这就是群演的真实生活。拍到中午吃午餐，先前有人说群演一人只能拿一份盒饭，但实际上领队会尽量保证所有人都能吃饱，有的时候实在没有盒饭了，也可以去剧组餐里面打饭。一般来说，剧组和群演的伙食都是一样的，只不过剧组是类似食堂一样打饭，而群演是盒饭而已。

　　午餐过后我们今天的戏份就结束了，领队让我们自己骑单车回去休息。虽然剧组没有用到10个小时，但依旧会按照10个小时的底薪进行发放。当时觉得拍戏很轻松，但这种情况真的很少

剧组《红船》

出现, 大部分时候群演的时间都会用满10个小时, 超时也是常有的事。我最长的一次拍摄, 从凌晨五点一直拍到第二天的凌晨5点, 整整24个小时。

DAY 2

今天在演员工会集合, 只要报上了戏就不能放鸽子, 前两次放鸽子要手写检讨书发在群里, 第三次放鸽子就直接注销演员证。尽管措施如此严厉, 但有些人依旧喜欢挑战一下规则, 所以有些没报上戏的群演, 每天凌晨三四点就来到工会门口捡鸽子。

领队像老妈子一样叨叨半天后终于上了大巴，东拐西拐地开了快一个小时到了影视大棚基地。作为群演来说是非常讨厌大棚的，户外戏对天光要求很高，这意味着我们能够比较准时收工，没太阳就不拍了。但大棚全是人造灯光，拍得天昏地暗也没有关系，所以在大棚拍摄经常是大夜。

剧组拍的是民国的丧尸戏码，叫《血咒危城》，在大棚里搭了一个民国时期风格的酒馆。群演们换上民国的衣服后就在酒馆里闲逛。今天要在酒馆里拍好多镜头，大致意思就是本来酒馆的人好好的，结果后来被传染成了丧尸。

等到所有人都变成丧尸之后，导演叫化装给所有的群演抹上血浆，实际上就是一些色素配上蜂蜜之类的，如果你舔一舔的话就会发现是甜的。刚开始抹上的时候很兴奋，结果后面血浆变得很黏让脸上很不舒服，也就没有了玩闹的兴趣。

导演还专门选了一些人出来做特效妆，先往脸上粘好模具然后上色，看起来非常真实，不靠近看的话完全看不出来任何痕迹，给化装小姐姐点个赞。

群演只负责一些充人数的场景，如果有打戏群演是不会被派上场的，剧组会专门请横店的武行来拍，武行会戴上护具来进行比较专业的动作。后来武行人手不够的时候我也凑过去帮了下忙，原则上群演是可以拒绝这个要求的。

当时我扮演的是平民，武行有一个人化装成了丧尸，带着白色美瞳冲上来把我推到柱子上然后咬我脖子感染我，我需要装作誓死抵抗的样子推着丧尸再配合着发出一些吼叫声。值得一提的是，这种武打戏对于真实感的要求是比较高的，所以推人摔跤这种戏码都是真枪实战地往上撞，如果不掌握一些小技巧，撞起来还是非常疼的。

后面各种各样的镜头拍到晚上快11点才收工，已经超过了群演既定的十个小时工作时间，超出的每个小时会加9块钱，可能现在会有所变动。

大家看过丧尸片的话，有没有假装过自己就是丧尸的样子？这次可算是装个够，而且是光明正大地装，抽来抽去地还没人说你是疯子，还得夸你一句演得好，这滋味，不错吧，有一说一，抽多了还是很累的。

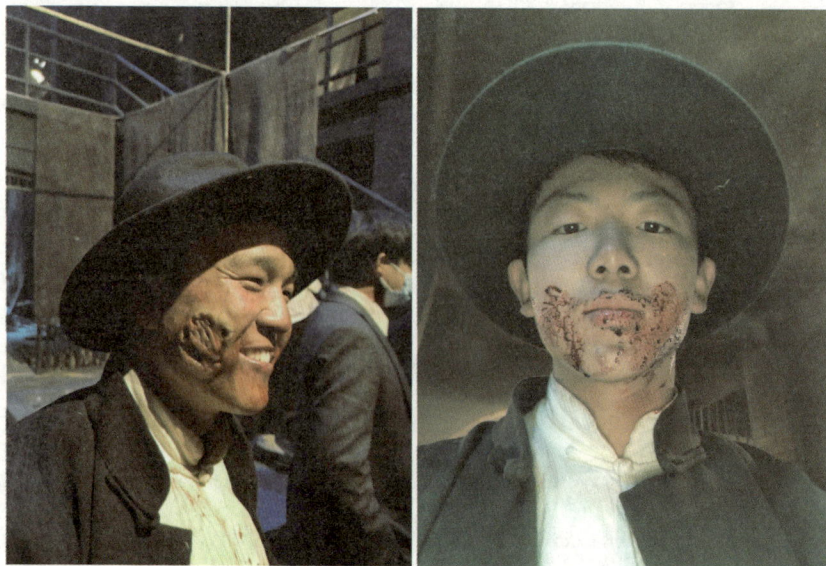

剧组《血咒危城》

DAY 3

今天演的是一部抗日剧,因为横店还原的建筑最多的就是各种古代的建筑,碉堡、城墙之类的,所以在横店拍摄的剧组,有很多都是战争片,要么就是古代攻城的戏码,要么就是近代和日本打仗的抗日片。作为群演来说,我们更喜欢近代的战争片,因为衣服不多,不容易弄丢,也比较轻便;如果是古代的片子,要穿盔甲、头盔,还要保管好自己的武器,冬天还好,夏天真的是活受罪。

抗日剧里面除了常规的跑位之外,还涉及比较刺激的跑炸点,用的都是真的火药,墙体一般都是合成泡沫之类的。作为群演,有的时候必须得在距离炸点很近的地方待着,假扮尸体或者正在交战的士兵,炸点真正起爆的时候,整个脑子都是蒙的,只有眼睛中倒映出那漫天的火花。还好需要跑炸点的戏不多,否则耳朵也受不了。因为布置炸点非常麻烦,道具也有限,所以跑炸点都是事先演习过很多遍,等到真正开拍的时候就只有一次机会。

一般抗日剧或是古代的戏码,鞋子肯定不能穿现代鞋,只能穿剧组提供的布鞋。但剧组的布鞋实在是一言难尽,几百双鞋子混在一个大袋子里面,发道具的时候往地上一倒,所有人就像难民抢垃圾一样围了上去找鞋子。

可能有人会说,欸,那你晚点去不就行了?那哪儿行啊?鞋子都是公用的,不知道被穿了多少次,找一双合适的码数、品相还不错的鞋子难上加难,去晚了一只鞋大一只鞋小都是常有的事情。同时你还不知道上一次穿这双鞋的人脚臭不臭,臭的话恭喜你,回家不洗个澡都不能上床的。

　　所以最佳的解决方式就是自己买鞋子带去剧组，一般买一双半开口的布鞋和一双黑面白底的布鞋就足够了，半开口的一般是演八路的时候用，黑面白底的一般是演古代戏的时候用，彻底避免了抢鞋子的尴尬处境。如果自带鞋子，在领道具的时候一定要在自己的名字旁边画上一个记号，这样还道具的时候道哥就不会找你要鞋子。

　　鞋子这一点非常重要，不管你是想要长期在横店发展，还是只去短短一两个星期体验生活，我都建议买好两双鞋子再出发，这样你去片场的时候别人都会误以为你是老司机（老司机的标配还有大躺椅）。

士兵嘿士兵

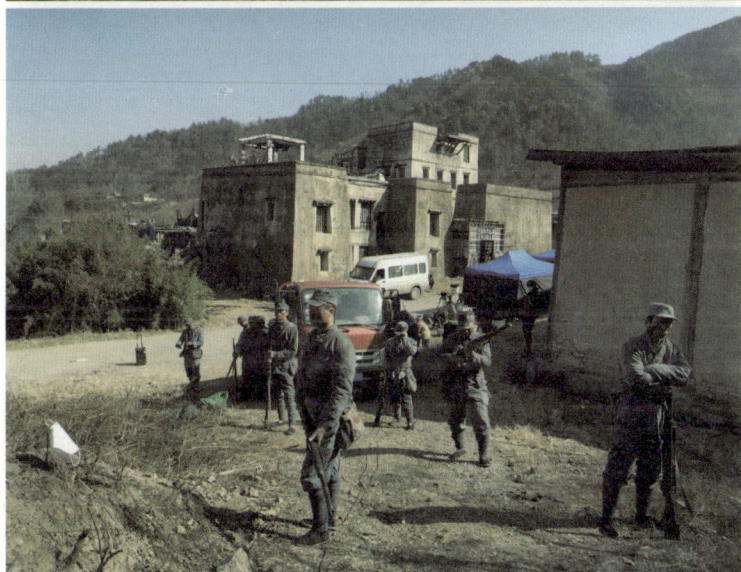

上图：准备被炸毁的墙体
下图：准备冲锋的我们

DAY BALABALA

因为天数很多，不能逐一介绍，我会挑选一些印象深刻的图片和大家分享，并且在图片下方进行详细说明。

这是群演的标配早餐：一个发糕，一个馒头，一个随便什么馅的包子，一个鸡蛋，还有一个没有拍出来的豆奶。

我也不知道这是什么党派的士兵，反正不是八路，只需要站岗一天。

古代的小士兵, 鞋子是我自己的, 铠甲不是真的铁, 有点像橡胶做的。很明显脸上做了粗糙和抹黑的处理。因为排方阵需要比较久的时间, 大家就把盾牌放在屁股底下当椅子休息了, 拿弓箭的群演就没有这么好的待遇了。

　　黑烟比烟饼烧出来的白烟呛很多,群演会被要求在黑烟内打斗,结束后我吐出来的痰都是黑色的,持续了很长时间,可以说是我的一生之敌了。

打斗戏一般是主角和武行来搞,因为都是大光圈,所以背景虚化得很厉害,群演只需要在后面动起来装装样子就可以了。所以你可以在后面看到很有趣的一幕,有玩你拍一我拍一的,有跳舞的,有晃着长枪聊天的,有抱团一挑三的,有躺在地上睡觉的……然后大家就发现,睡觉真香啊,越来越多的人往地上一躺头盔一盖不省人事。演尸体我们是专业的。

直到后来导演发现画面有点不对劲儿,执行导演到后面一看,好家伙,全是死尸,一顿臭骂把大家都叫起来才算了事。

锦衣卫之类的角色,带了发套。大剧组的衣服看起来就是不一样。

　　一个玄幻剧组,演的是一个小妖怪,嗯,带个雌雄不分的面具就是妖怪了,这就很认真。这个剧组令我印象深刻,凌晨5点出工,一直到第二天凌晨5点收工,也是我唯一一次24小时出工,拍摄的组都换了两组,累到随便靠在哪里都可以睡着的程度。

呦西，投靠皇军的，大大有赏。又是跑炸点的一
天。因为是夜戏，所以这天也拍到了凌晨一两点。

　　群演的日常，演员椅是标配。在离开横店的时候，大家一般
会把演员椅在群里低价甩卖，二三十块钱就可以搞到一把。当时
我走的时候把椅子送给了一个刚来横店的群演。

　　一次大夜的拍摄，这次我们演的是囚犯，穿上囚服之后在铁笼外疯狂呐喊。因为是冬天，夜里特别冷，作为道具存在的火盆就成为所有群演的希望。刚好场地里面有一堆废弃不用的柴火，于是专门负责烟饼之类的场务小哥发现，这火从来就没小过，群演把这个火盆伺候得好好的，但凡有一点儿减小的趋势，就有群演屁颠屁颠地跑去捡柴火。

左 - 张延林
右 - 王童心

　　在横店认识两个朋友,张延林的性格不错,除了嘴巴有点欠之外,他总是喜欢让别人喊他爸爸,也是来横店做群演体验一下。王童心是老横漂了,在横店待了很久,据说最近开始慢慢接一些小角色,算是从群演的汪洋中脱身了。

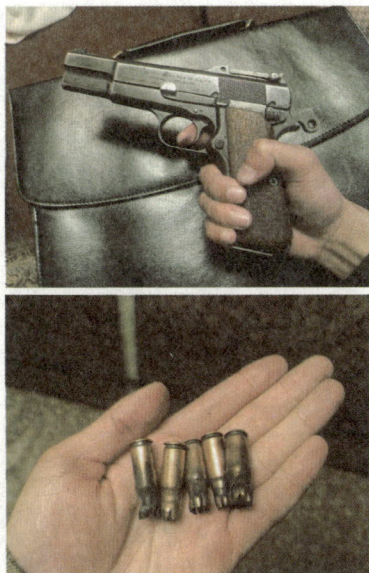

　　这天是演谍战戏的一个剧组，虽然是火车上的剧情，实际上是在大棚里拍的，假火车外面围上了绿布方便后期做特效跟踪。我们演的是火车上的普通游客，大家在火车上聊聊天就行了。为了显得真实，剧组给每个桌子都发了瓜果，结果还没开拍大家就边聊天边把瓜子嗑光了，执行导演很生气，后果很严重。

　　因为是谍战片自然涉及枪械，上面的手枪是武行借给我们看一下的。我也是第一次摸到真实的手枪，比想象中的沉很多，弹夹非常精致，拆弹夹的时候非常顺滑，比玩具枪的手感强了不知多少倍。下面的子弹是剧组买来的空包弹，打出来只有响声和火花，杀伤力很小。有一个戏码刚好是在我们旁边开枪，声音大到直接耳鸣。因为这些手枪换上真的子弹就具有杀伤力，所以是被公安局严格管控的，每一个剧组的枪支在公安局都有备案。

这天演的是八路军冲锋之类的戏码，可以看到脸上抹了很多血浆。下面地上的人形就是我自己的形状，导演为了真实会安排很多群演在炸点旁边当死尸，可以感受到炸点扬起的灰尘量有多恐怖，小石块噼里啪啦地往你身上掉，你却一动不能动。为了有差异化，导演还会让一些人仰着头当死尸，所以炸点爆炸的时候会感到难以呼吸。

　　因为在穷游，父母也不让回家，我自己本来也没有什么过节的概念，所以今年的大年夜就是在横店度过的。过年对群演来说最大的变化就是，有3天的时间薪资是以往的3倍。但也别高兴太早，剧组再怎么赶也不急这3天，就算请也请不到群演头上，所以这几天群演往往是接不到活的，默认放假。

　　除此之外，横店就没有任何一点点过年的气氛了，街道上没有人放鞭炮，也没有人放歌，冷冷清清的和往常一模一样。对于横店的群演来说，过年可能和找不到工作画上了等号。我自然也没有接到任何工作，大年夜和张延林去吃了他一直想吃的烤鱼，一人花了40块钱，就算是我们对于过年唯一的庆祝了。

剧组	经纪人	演出时间	实发金额	角色
红船	邹影潇	2021-01-16 00:00	¥112.0	-
血咒危城	邹影潇	2021-01-17 00:00	¥169.0	-
百炼成钢	沈江	2021-01-18 00:00	¥149.0	-
一代匠师	张建恒	2021-01-19 00:00	¥108.0	-
(赵子龙)	刘领	2021-01-20 00:00	¥169.0	-
风起洛阳	俞泽迪	2021-01-21 00:00	¥203.0	-
大中医	俞泽迪	2021-01-22 00:00	¥149.0	-
(赵子龙)	刘领	2021-01-23 00:00	¥169.0	-
风起洛阳	俞泽迪	2021-01-24 00:00	¥160.0	-
《封神》	邹影潇	2021-01-25 00:00	¥282.0	-
鲸落长安	刘领	2021-01-27 00:00	¥193.0	-
快跑孩子	康帅	2021-01-28 00:00	¥162.0	-
百炼成钢	沈江	2021-01-29 00:00	¥162.0	-
革命者	康帅	2021-01-30 00:00	¥144.0	-
两不疑	张建恒	2021-01-31 00:00	¥187.0	-
妙手	张建恒	2021-02-02 00:00	¥253.0	-
柳叶摘星辰	张傲	2021-02-03 00:00	¥153.0	-
午门囧事	张建恒	2021-02-04 00:00	¥162.0	-
妙手	张建恒	2021-02-05 00:00	¥220.0	-
百炼成钢	沈江	2021-02-07 00:00	¥153.0	-
太阳出来了	张建恒	2021-02-10 00:00	¥144.0	-
我家娘子不好惹	康帅	2021-02-10 00:00	¥153.0	-
太阳出来了	张建恒	2021-02-15 00:00	¥162.0	-
妙手	张建恒	2021-02-16 00:00	¥144.0	-
太阳出来了	张建恒	2021-02-17 00:00	¥175.0	-
妙手	张建恒	2021-02-19 00:00	¥153.0	-
永恒的使命	刘领	2021-02-20 00:00	¥144.0	-
百炼成钢	沈江	2021-02-22 00:00	¥182.0	-
-	-	-	¥4716.0	-

这张图片是我所有参与过的剧组名

很多人会觉得，欸，看起来工资还行呀，也不是很低。但请注意，群演每天的工作时长普遍在12个小时左右，并且作息非常不规律，经常大夜白天来回颠倒，休息的时间很短，这也是为什么群演基本上都会带演员椅到现场睡觉的原因，实在是太困了，群演并不是一个非常轻松的工作。

我当时赶上了福利时间。过年的这一个月期间，所有群演的工资都上涨了40块钱左右，本来做一天基本上是112块钱，现在能拿到153块钱的底薪。这样算下来增幅在35%左右，意味着我4716元的工资，去掉增幅之后，实际上只有3493元（时间从1月16日到2月22日，一个多月的时间），这才是横店群演日常的生活写照。扣除房费和吃饭钱，能省下来2000元就不错了，碰到戏不多的时候，连续一个星期都没有戏拍，那就一点儿钱也拿不到。

小群演的一天

这是我以第一视角描述的横店群演生活的一天，为了丰富剧情，我将很多天的事情揉在一天写了，但都是根据真实经历改编，希望大家看得开心。

滴滴滴 滴滴滴

"啊~"希努力地伸了一个懒腰，看了一眼手机，"4:50了啊，不行不行要起床了。"

今天是一个五点十分的通告，在服务部集合，虽然昨天凌晨12点才收工，希的眼睛上还顶着一双黑眼圈，不过生活嘛，就是这个样子。"没人权啊。"希嘟囔了一句就爬了起来。

　　服务部旁边的小卖部仿佛永远没有关门的时候，而你总可以在这里买到一份手抓饼。"老板，帮忙来份手抓饼，不要火腿肠加个辣椒酱谢谢"，希熟练地走完一套流程，并甩手给老板转了6块钱。"好嘞，马上好！"老板勤快地回应道。近水楼台先得月，这个小卖部的手抓饼解决了很多人的早饭问题，便宜又好吃，有谁不爱呢？

　　服务部门前挤满了前来集合的群演，集合时间还没到，大家坐在自己的椅子上刷手机，或者三三两两聚在一起聊天。

　　"集合！集合了！所有人到我这里来！排成两队！都成年了大家自觉一点儿！少点事儿行吗！"领队发出了命令。希默默地拎起椅子排在队伍当中。

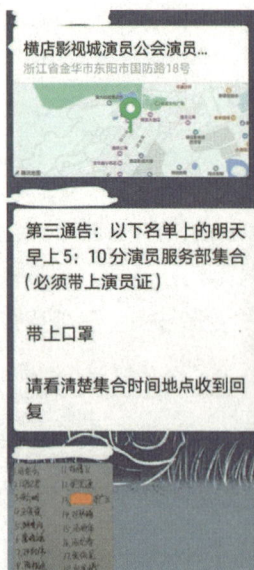

"点到名字的把演员证交上来！""顾鹏飞，颜毓麟，希……"希走上前去，把演员证交到一个袋子里，等着晚上的时候再拿回来，如果不交演员证，就不会发工资。

"又放鸽子，这个人放了多少回了！下次直接把他踢出群里！"领队骂骂咧咧地说道，看了看周围，"有人捡鸽子的吗？捡鸽子的有没有？""诶，我我我！""我来，领队！""我可以！"领队随意挑了一个人，把他的演员证放到袋子里，"一个就够了！满了满了！"

点完人之后，"那个老顾呢？上来拍个视频！""诶，来了领队！""横着拍，老竖着干什么！""是！"领队满意地点了点头，"都把口罩给我带好了，不拍戏的时候都戴上，实拍的时候才能摘下来，不用怕穿帮，剧组比你害怕穿帮！""还道具的时候都把名字划掉，看着他划！别怪我没提醒你们，到时候说你没交道具，赔钱就好了！""在剧组不要乱跑！去哪里跟我打个招呼，别到时候找不着人！被发现躲在角落里不出工的，脱衣服走人就好了！前几天不是有个人不愿意出工吗，我已经跟工会说了，现在他一个群都进不去，被封杀了，懂吗？！""行了，其他没啥事儿了，上车吧。"

"天天重复这一套也不累得慌，领队也不容易啊。"希忍不住在心里默默地想。看了看周围在刷手机的同伴，希知道领队这次的讲话估计跟耳边风一样被大家当成背景音了，那些听得认真的，嗯，一看就是新来的。

"又要当大头兵了，天天都是当兵，烦不烦！"周围的同伴抱怨着，希安慰道，"总比夏天拍好吧，冬天穿盔甲还暖和一些。"希知道为什么大家讨厌当兵，盔甲很重，道具很多，行动不方便，而且还很容易丢道具，就算是演八路，道具也比演百姓要多得多。

　　说是5点10分的通告，一通操作下来，也要5点半左右了，真正的工时是从5点半开始算起。群演是10个小时的出工时间，超了就算加时费，不过那一小时十几块钱的加时费，在剧组眼里倒不算什么。

　　将近6点的时候来到了拍摄现场，这种时间早、人数多、全是男生的通告，基本上都是当大头兵。好在这种通告基本上不会熬夜，向来不喜欢熬夜的希，其实并不怎么讨厌这种通告，至于道具的繁多，盔甲的沉重，在希看来都不算事。

　　领完道具，排两队拿早饭。"老郭，过来拍个视频。""来了来了。"领队清了清嗓子，"咳咳，吃饭的时候不要乱扔垃圾，有垃圾袋，吃完饭别乱跑，该上厕所上厕所，弄完就在休息区待着，别到时候找不到人，行了没事了，吃饭吧。"希百无聊赖地听完了领队不知道重复了多少次的话语。

　　拿到早饭，标准的餐食，一个包子，一个馒头，一个鸡蛋，一块发糕，外加上一袋豆奶，几乎所有的剧组都一样。希早就习惯了，快速吃完了所有东西，回到椅子上眯了起来，试图挽救眼睛上的黑眼圈。

　　"来,所有人去现场了!去现场了!"剧组让领队过来摇人了。今天拍的是攻城的戏码,几辆道具的投石车,一些烽火,执行导演举起了麦克风,声音响彻全场,"快点快点,把队伍排好,刀兵在前面,弓兵在后面!别磨叽!"喊话喊了很多遍,群演才归整好队伍。

　　"待会儿很简单,举着盾牌往前走就可以了,尽量一致一点,听清楚了吗?"稀稀拉拉的几声"清楚了"表示回应。希坐在自己的盾牌上,看着场务灯光忙前忙后,"来把车子推一下!那边的鼓布给我扯掉!""那边再补个光,灯光再高一点!"

　　"站起来!"希的耳边传来一个声音,抬头一看,是服装小姐姐,规规矩矩地站了起来。服装小姐姐把露出来的衣领使劲儿往里塞了塞,拿出钉枪把衣领钉了起米,旁边的化装师也伸手在希的脸上补了点黑,"可以了,坐吧。"服装小姐姐说完之后就走开继续检查了,希耸了耸肩继续坐了下来,雷厉风行的小姐姐。

　　"哎，我们就是人肉道具啊！"希听到旁边的老顾嘀咕道。身旁有人回应道，"可不是吗？哎，为了梦想，啥时候能熬出个头啊！"希想起了前几天在另一个剧组遇到的演员，他在讲戏的时候跟群众说，"我之前也是跑群众的，到现在这个位置，整整用了17年！拍戏的时候认真一点，把自己当成男主角，多跑跑跟组，总有一天，你也会梦想成功的！"希从来没有见过这个演员，可能不是很出名，估计连二线演员都算不上，他不清楚17年混到这样的地步算快还是算慢，这真的算是追逐上了梦想吗？

　　"所有人都站起来！准备试戏了！"执行导演喊道。"齐步走！"群众终于迈开了步伐，如此地凌乱，如此地虚弱，这要真是上战场，早就死完了吧，希不禁想到。试了几遍戏后，导演觉得差不多了，通知了执行导演准备实拍。

　　"实拍了实拍了，都站好！"执行导演大喊道，"烟点起来！""来了！来了！"一个专门放烟的场务拿着烟饼在人群中乱窜。希减缓了自己的呼吸节奏，希望少吸一点烟。"战争戏就是不好，这烟也太难闻了吧。"希忍不住嘀咕道。白烟还好一些，前几天在城墙上放黑烟，希吸了之后整个肺都不好了，后面的几天一直在咳痰，里面还带着黑色的颗粒，幸好幸好，今天是白烟。

　　"预备！开机！""A机录！""B机录！""C机录！""群众走！"执行导演喊道。群众打起了精神，每个人都尽量走出了自己的气势，虽然看上去还是那么的凌乱。

　　来回折腾了几遍之后，"卡！回放一下！""好，过了！"导演终于比较满意了。"换场换场，摇臂搬过来！"执行导演永远是嗓门最大、最忙的那一个。

　　来来回回折腾了一上午，拍了四五个镜头，大家都有些疲惫，还好是冬天，如果是夏天的话，情况会更糟糕。蹲在墙角的角落里吃完了午饭，两素一荤的菜在饥饿的人眼里也显得那么美味，随着时间的推移横店也在不断完善制度，以前吃不饱饭的情况基本上不会再出现了。

　　"有人看到我的头套了吗？"一个人慌慌张张地在人群里大喊。有些人摇了摇头，有些人则事不关己刷着手机。过了一会儿，领队也帮忙问询，大家都认真了起来，但依旧没有找到头套。领队恼火地说道，"说了多少次了，保管好自己的道具！听不懂人话是吗？你们又不是小学生了！剧组看到头套给你收起来不告诉你，你到时候照样赔，剧组巴不得赚点外快呢！500块钱赔吧，反正你们钱多！"直到日落的时候，那个人依旧没有找到自己的头套，希忍不住又重新数了一遍自己身上的道具。

　　下午的戏转移到城墙上拍摄，既然是攻城，肯定有尸体。"谁要躺尸？"执行导演喊道。"我来！""我！""导演我来！"有的人直接跑到要躺尸的地方躺下，造成既定事实。

　　群演如果演躺尸，化装、特效、超时等都会加钱，由于戏多的时候经常熬夜加班，所以躺尸自然是一份非常受欢迎的外快。不过希从来不主动去抢躺尸，能躺就躺，不躺也无所谓，况且天气阴凉的时候，躺尸也不是那么好躺的。

　　时间晃晃悠悠地走到了下午6点，由于是在室外，天光没有了自然也就收工了，六七点算是收了一个早工，希的心里还是挺开心的，回到家之后有足够的时间休息，第二天早上有通告也不慌了。

　　领完演员证回到家中, 刚好7点钟, 预报名的信息准时弹出。最近戏比较多, 希也不是很着急, 不慌不忙地报了名, 虽然排在30多位, 但也不用担心通告的问题。

　　到家的时候查了一下电表, 希整个人都绿了。早上出门忘关热水器, 电表直接跳了4度电。1.3元一度的电费虽然不多, 但想到本来可以节省下来, 希的手就颤抖了起来, 终于体会到为什么在家不关灯老被父母说了, 人类莫名地对具体的数字比较敏感。

　　9点半通告全部发送完毕, 一共3个通告, 希的通告是在明天早上7点半在旅游大厦集合, 满意地点了点头, 是个不错的通告, 比凌晨三点半的通告好多了。定上闹钟, "又是重复的一天啊!"希喃喃说道, 转身睡去。

川藏——
骑行318

前期准备

结束了群演生涯后，从穷游开始到现在，一共攒下来5000块钱左右，其中有一大部分是在横店攒下的。距离当初定下的一年穷游时间还剩下1个多月，就算现在每天都住旅馆到处逛资金也是够的，但我还是决定用骑行318进行收尾，因为骑行318耗时比较长，等穷游结束后正式工作了，就很难抽出这么长的时间来骑行了，刚好趁着这个机会可以圆梦。

我们计划从成都出发,沿川藏南线G318骑行到达拉萨,全程2160千米,累积爬升25000米,平均海拔4000米。需要翻越14座高山,其中12座海拔超过4000米,两座超过5000米。

当时的时间是三月份,我弟刚好四月中旬放假,也是一个难得的长假。虽然他比我小6岁,但因为学校的训练强度比较高,体能方面我相信他没有什么问题,问过父母之后,父母也同意我带上弟弟一起去骑行了。

很多人会诧异我父母关于出行这方面的宽松,主要是我自己出去的多了,而且我之前进过北派传销,最后也是有惊无险地离开了,所以,有我照顾的话,父母连带着对我弟的担忧也减少了很多。

三四月份,我在崇明岛开始整理照片和写书的工作,同时也开始准备骑行相关的装备。置办装备的钱是上次组织哈巴活动的剩余利润,因为没有算在穷游的资金里面,故而得以拿出来,之前父母买了一辆捷安特xtc800给我上班通勤用,也省了购车这一项大头,至于我弟弟的装备则全部是由父母赞助的。

关于装备

骑行的装备复杂而繁多,这次购置装备也踩了很多坑,有很多装备到后面发现并没有什么用,也有很多装备是必要的,我会在这里把必备的装备跟大家逐一介绍,大家可以根据自己的兴趣爱好进行删减。

首先需要申明的是,我并不是骑行的大佬,对于骑行的专业术语懂得也不是很多,修车的技术仅限于更换内胎。本次骑行的定位是休闲骑, 我和我弟也没有赶时间, 基本上就是按照路书的标准行程走完的, 骑的是山地车, 装备齐全。

因为有些大佬骑318就是为了刷速度的, 用的是公路车加一个管包, 带的东西都很少, 对于萌新来说并不友好。我们骑318的时候刚好遇到一年一度的8天川藏极限挑战赛, 最快的大佬代仁义, 历时5天23小时21分, 夺得第八届(2021)八天川藏极限挑战赛冠军。

2021年 陕西安康 代仁义创八天川藏新记录
——欢迎回家仪式——
(5天23小时21分)

图源来自网络

　　而对于萌新来说，骑完川藏普遍用时在24天到26天，因为中途我们在理塘停留去稻城亚丁玩了两天，所以我们最终是28天骑完了318。这两种骑行方式，所选用的装备肯定是完全不同的。

自行车

　　川藏线上最普遍的自行车就是捷安特xtc800（山地车型号）和美利达挑战者300，它们的价位在3000出头，完全可以胜任骑行318的任务。车子对于一个人的骑速影响是非常大的，本来我们队里的黎明一直处于中后游，自从他在理塘换了一款捷安特xtc800最新的型号之后，他就一跃成为队里的领头羊。当然价格越贵车子差异越小，你说一万的车子和两万的车子有多大的差别，那就是仁者见仁智者见智了。

　　如果把山地车换成公路车，骑行的速度能快三分之一左右，但公路车并不防滑，并且为了追求速度车架轮胎都很轻，所以肯定不能驮重物，也只能上管包，就像上面大佬的装备一样。

　　在选购自行车的时候，并不是我们所认为的车速越多越好，例如我的xtc800是$3\times10=30$速，而新版的xtc800是$2\times11=22$速，实际上22速的车技术含量更高更好用，因为30速里面有很多档位是重复的，例如2~7档和3~5档是差不多的，一个前面大盘能拉开的差距差不多是后盘两到三个小档位。只不过之前厂家因为技术或者成本的考虑，没有做出2×11的档位。

　　在骑行的时候，我们也要尽量避免跨越太多的齿轮进行踩踏，否则会对牙盘造成一定的损伤。例如，前盘三档最重的档位，

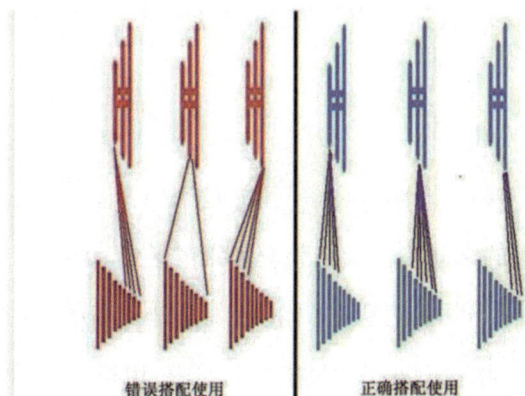

错误搭配使用　　　正确搭配使用

图源来自网络

就要对应后盘6~9档的位置,前盘一档最轻的档位,就要对应后盘1到4档的位置。

关于轮胎,因为我之前在城市里骑特别容易爆胎,感觉就是个魔咒,所以这次骑行318专门换了马牌的防爆胎,除了刚买回来就在崇明岛被钉子扎了以外,在318上反而表现良好,一次都没有爆过胎。

如果你想要追求更极致的速度,也可以把山地胎换成半光胎,也就是介于公路胎和山地胎两者之间,轮胎比山地胎更细,有一点花纹但也不是全有,哎,就是闹着玩。半光胎可以在平地上获得更高的速度,但在下坡的时候更容易打滑。队友跟我说刚上手半光胎如果下坡不注意很容易打滑翻车,故而我也没有尝试。

在长途骑行的过程中,不同的把位姿势非常有助于我们放松肌肉,捷安特一般都是直把,你可以选择在两侧装上牛角把,放松效果显著,还嫌不够的话可以再继续加装休息把位,上坡或者平路可以把自己的身体趴在上面休息。

生活用品

首先你需要明确住宿问题，是想要露营，还是沿途都住宾馆。露营的话就会涉及一整套复杂的装备系统，其重量可达到10~20斤。当时我们是按照露营的标准来准备的，帐篷、防潮垫、睡袋这三样就占据了大量的空间，还有用来烧饭的锅、炉头、气罐、食材、基础的调味料，等等。

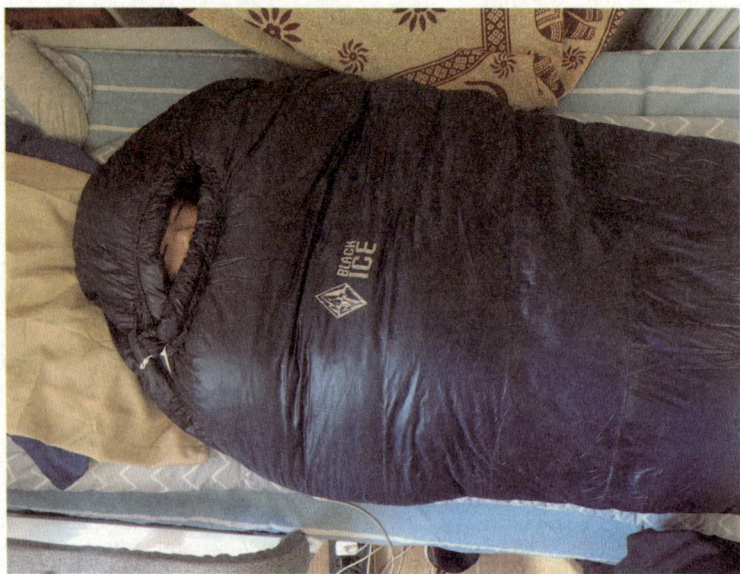

当时为了露营而准备的黑冰g1000睡袋

最终我们的整车负载达到了50斤到60斤, 在第一天从成都前往雅安的时候, 就骑得有些崩溃, 所以最后我们决定把露营装备寄回家轻装上阵。当然, 路上我们也看到有很多大佬的负重比我们重很多, 除了后座的三个驮包以外, 前轮两侧还会挂载两个驮包, 可谓全副武装。

对于骑行的萌新来说, 我还是建议轻装上阵, 在上坡的时候有很大的优势, 可以省很多心。同时318作为一条非常成熟的骑行线路, 沿路设施非常完善, 一路上有飞登、心旅和57提供住宿保障与救援, 所以萌新也不用太过担心晚上找不到地方睡而含泪睡在荒郊野岭之中。

露营的装备我就不详细展开介绍了, 主要说一说非露营的情况下, 萌新应该有哪些必备的物件。先说身上的物件, 头盔、墨镜、骑行手套、冰袖、骑行裤、硬底鞋但不局限于登山鞋、雨具, 这些是我认为骑行当中比较核心的物品。

头盔和墨镜自然不用多说, 价格在两三百元的品牌头盔质量都有保证, 现在的骑行墨镜做得都很不错, 不过我自己倒是不怎么习惯戴墨镜。

冰袖是一定一定一定不要忘记的, 我最开始的时候也没有在意, 甚至根本就没有买冰袖。结果第一天从成都去雅安的时候就被太阳狠狠地教训了一顿, 两条手臂都被晒伤脱皮, 一个多月才缓过来。在雅安的服务站买了冰袖, 后面的路程中才得以幸免。

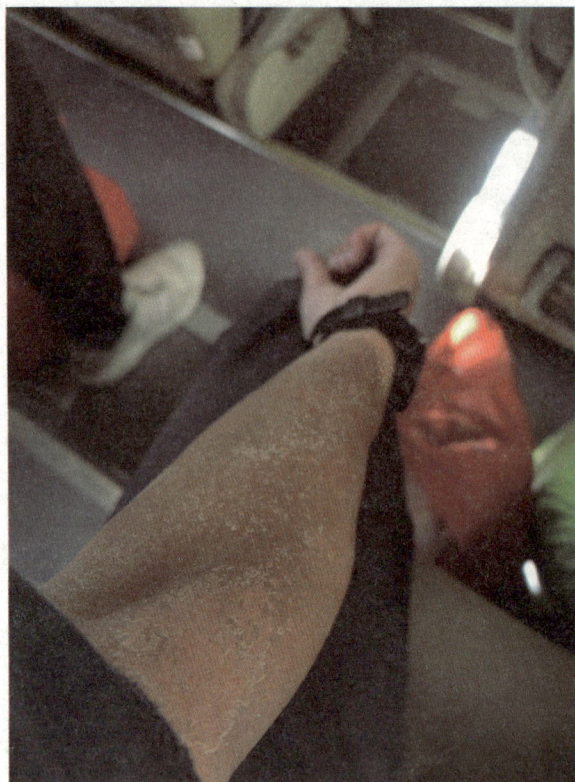

第一天被晒出来的

骑行裤真的非常非常重要，我愿意称其为yyds。以前老是不理解为什么骑自行车的人穿的衣服那么紧身，说是减少风阻但觉得又有点扯，能减少多少呢，是吧，想装酷就直说嘛。后来才发现骑行裤最精华的部位就在于它自带一个坐垫，可以把你的屁股包裹起来。

因为自行车的坐垫普遍比较硬, 骑行裤的坐垫可以有效缓解疲劳。如果骑行时间在两个小时以上, 建议可以穿上骑行裤, 如果你是铁屁股的大佬那就当我没说。除了骑行裤以外, 有些人还会给自行车本身再加一个坐垫, 达到沙发一般的舒适效果, 但这种坐垫难以固定, 时常会左右滑动, 所以我只选择了骑行裤。

骑行裤分为背带式骑行裤和普通骑行裤, 我强烈建议购买背带式骑行裤, 这样对于腰部的挤压会很小, 长时间穿着也不会往下掉。除了上厕所有点不方便, 你们买了就知道了。

再来说鞋子, 之所以要求是登山鞋或者硬底鞋, 是因为方便力量的传导, 软底鞋或那种号称是踩屎一般感觉的跑鞋, 就很不适合骑行, 会消耗你更多的力气。再讲究一点就是大佬们都会用的锁鞋, 因为正确的骑行姿势是用前脚掌进行踩踏, 如果是平常的鞋子, 很容易骑着骑着脚就挪了位置, 造成力量的浪费, 而锁鞋的目的就是把你的脚掌牢牢固定在踏板上, 让你只要专注于力量的输出就可以了。

但如果没有经过训练, 使用锁鞋很容易出现零速摔的情况, 因为脱锁和上锁需要一定的技巧。所以对于萌新来说, 锁鞋并不是一个很好的工具, 而是进阶之后可以尝试的选择。

雨具也是一个尤其需要注意的环节, 如果处理不好你的雨大骑行体验会非常糟糕。如果你的预算比较高, 可以选择登山鞋加冲锋衣裤进行防雨。冲锋衣裤如果是新买的还好, 如果使用时间已经比较久了, 记得在出发前保养一下荷叶涂层, 否则下雨还是很难受的, 你的外衣会因为进水而变得很重, 如果里面没有穿衣服还会觉得湿哒哒的。如果没有什么预算，鞋子也不是登山鞋，可以选择买防水鞋套，在下雨的时候套在鞋子外面即可，即使最便宜的雨衣也可以承担防雨的责任，就是在重量和透气性方面差强人意。

手部的保护也尤为重要，如果没有防水手套，可以随意选一款保暖手套，在外面套上平时在厨房使用的橡胶洗碗手套，就可以保证防雨的性能。

这些经验都是血与泪的教训。这次从理塘出发的时候，当天刚好在下冰雹，我就穿了冲锋衣以及商店里临时买的手套，因为出发的时候冰雹并不是很大，所以我们就没有听取同伴的建议买橡胶洗碗手套。

当天的路程实际上只有70多千米，还都是起伏不大的平路，按照以往的速度，3个多小时就可以骑到酒店。但受到冰雹的影响，我们的身心遭受了极大的摧残，感觉骑了六七个小时一样。不过，嘿，你猜怎么着，最终我们还是花了3个多小时就骑到了酒店。

当时豆大的冰雹砸在身上，有的甚至有鹌鹑蛋大小，而且全程没有减弱的趋势，所以我们一路上是顶着冰雹走的。冲锋衣和手套都浸满了雨水，甚至还不断往脖子里面钻，体温下降得非常厉害，浸了水的手套非常冰冷，即便如此我们也不能选择摘掉手套。我弟比我更惨一点，我穿的是登山鞋所以下半身并无大碍，而我弟为了节约资费穿了鞋套，但防雨性能一般，所以他的脚也被全部浸湿了。

这场冰雹，更多是对我们心理上的考验，身体方面因为我们的总路程并不长,3个多小时并没有让我们的体能下降得特别厉害,所以就算体温很低,手脚被冻僵,但我们的配速实际上并不慢,只是在我的印象中,这是我骑318以来感觉时间过得最慢的一次。

所以,虽然在大太阳的时候你驮防水用具着会感觉很累赘,但等到真正下雨的时候,你就会无比感恩自己的决定。并且,防雨措施一定要到位,做了一半的防雨措施等于没做。

关于行程

318川藏线路的规划非常完善,沿路有飞登、心旅和57三家服务站可以选择,基本上每个需要停留的小镇都有他们三家合作的酒店,他们会给骑友一个比较优惠的价格,也会对第二天的线路进行说明,如果需要救援也可以打他们的电话。

总体来说,57合作的酒店价格普遍偏贵,但质量都有保证,而飞登和心旅合作的酒店往往是一家,价格便宜不少,但基本上就是床位房,适合需要省钱的人群,比如说我。

路书方面,三家的行程规划都差不多,基本上都在25天左右走完全程,大家也可以根据自己的体能和安排灵活调整天数,比如我们中途就绕道去稻城亚丁玩了两天。出发前会给大家发纸质的路书,如果丢失了也没有关系,他们也有电子版的路书,一样非常详细,有需要的可以直接跟他们索要。

得益于318强大的售后服务,所以我们在行程方面并没有操太多心,基本上跟着走就完事儿了。

费用方面,住宿的话每天在50元左右,餐饮的话,越往山里走物价越贵,最贵的地方25元一碗番茄鸡蛋面。虽然路书会给出沿途的饭店,但我们一心赶路,自然选择带路餐,也可以节省不少资金,路餐基本上由面包、火腿肠和饼干组成。总体来说,如果你比较节省,一天100块钱的预算足以生活。

318骑行

DAY 1

在正式出发骑行的前一天,我们到达了成都57骑行的站点,心旅和飞登也在旁边。自行车是从上海打包寄到成都的,我弟的转向轴因为打包不当被压坏了,无奈之下只能选择和他一起出去修车,刚好我的车很久没有保养了,就放在心旅那边保养。

事实证明,如果你和店家不熟的话,最好人在旁边看着保养,否则大几百下去别人连车子都不给你拆,就洗一洗上上油完事儿。当天下午因为要陪弟弟去修车,实在没办法才把车子直接放在了店里,后来才发现都没有拆车保养。

出发的前一天晚上,会照例开一个行前介绍会,会有负责人介绍明天的行程,包括山里需要注意的事项。这个环节他们是不允许拍照的,不过我觉得都是比较平常的注意事项,下坡要慢、做好防晒之类的。

在介绍会上还会有一个颁奖环节,如果你是从省外骑进四川到达成都,他们会给你颁发一个单独的奖项。

在路书的整个规划中,全程一共只有3天的行程是在130千米以上,而开头的第一天,成都—雅安就是其中的一分子,全程一共近140公里，对于新手来说，这是第一个真正的大考验。我们从早上7点一直骑到了下午6点多才抵达了雅安，全程虽然不是山路，但起伏路段也是比较多的。

前60公里，均速25是常态，保持得比较轻松，有说有笑。近70公里时，弟弟状态良好，而我的大腿感觉极度酸痛，速度骤降，从25公里降到15公里左右，如果是上坡则降到7公里左右。应该是在前面的时候用力过猛、太过兴奋导致的。

90公里往后，肌肉酸痛消失，应该是过了极限，一直到140公里都没有太大反复。不过我弟到后面有一些中暑的症状，速度也下降到了15公里左右。

第一天对于新手确实非常不友好，但值得庆幸的是，大部分的路书行程是从早上七八点出发，下午四五点就能抵达目的地，所以对于第一天不要太过于有心理压力，可以说，只要能够坚持骑完第一天，你一定可以骑完后面的全部行程。

成都—雅安，第一天出发，可以看到此时我们的装备是非常重的，有3个驮包，加起来将近四五十斤，这也增加了我们的体能支出，有驮包蹬坡和没驮包蹬坡那就是两个概念了。在服务站老板的劝说下，我们决定放弃露营装备，尽可能减轻行李重量，以便我们能够顺利走完318，毕竟，嗯，我们知道自己并不是什么大佬。真正的大佬除了像我们后面有3个驮包以外，前轮也会挂两个侧包，那分量叫一个结实。

当天的太阳非常晒，脸上随便一摸就是一把盐。也正是在这一天，我们被太阳狠狠地教训了一顿，没有穿戴冰袖导致晒伤，好在我们在雅安及时购买了冰袖。

第一天抵达雅安，此时在下午6点左右

DAY 4

这几天的路程都没有第一天那么煎熬，我们一般在下午三四点就抵达了路书的目的地，而大部队会在下午五六点抵达目的地。也许你会说，欸，你们看起来也挺轻松啊，到得也蛮早嘛。如果按照到达时间来看，我们确实算是最快的一批，但实际上这并不是因为我们的体能有多好，而是我们中间不怎么休息。大家一般会在中午花一个多小时的时间吃午饭，而我们一般只是吃路餐对付一下。

关于路上的队友，如果你是一个人出发，请不用担心。如果你们是网上组队出发，也请不要高兴太早。在318上，唯一永恒的真理就是配速，有一句老歌唱得好，"别爱我，没结果"。我们最开始也是在网上约了一个大佬出行，结果人家是巨佬，没过几天就把我们甩得没影了，他比我们提前了将近10天抵达拉萨，经常把两天的行程压缩到一天来骑，当时做出行准备的时候，巨佬的一声声"哎呀，我也很菜的"话语余音未绝。

但幸好我们在路上也捡到了很多小伙伴，比如，我们的王同学，是真正从上海出发一路骑到了拉萨，每到一个大城市他都会跑到当地的邮局盖一个邮戳，因为我们的速度差不多，所以组在了一起。美中不足的是，他的邮戳竟然是盖在A4纸上的，要是我肯定弄个质量很好的小本本一个个盖。

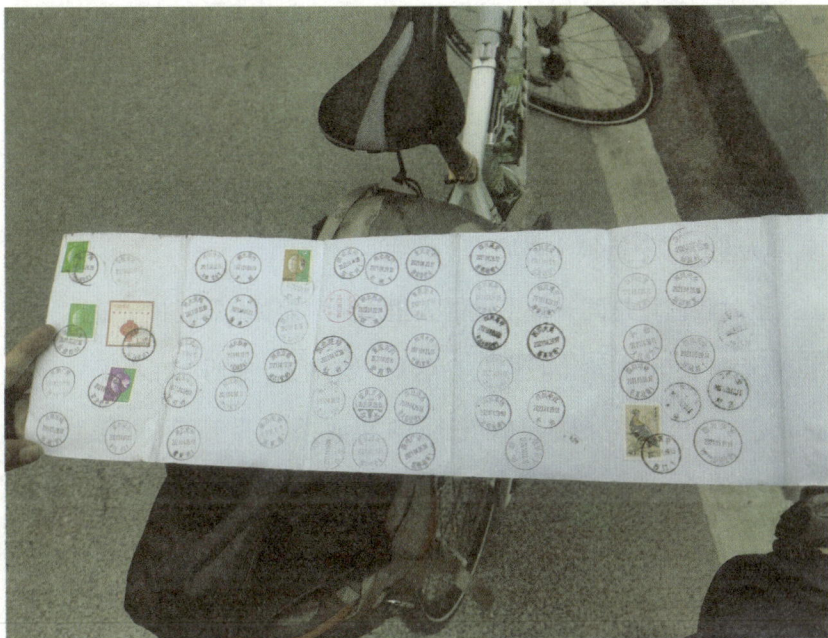

DAY 7

雅江到相克宗18公里上坡,海拔上升1000米,据说是318最陡的坡,有连续八个上坡的标志,基本上3个半到4个小时可以走完18公里。

如果说318让我们在车技上有哪些突飞猛进的进展,那无疑就是摇车了。最开始摇车会晃晃悠悠的,并不会很省力,但等到熟练过后,摇车无疑是上坡的一大利器。通常来说,摇车可以增加5~6档的配速,例如我正在用3~3档骑一个平路,开始摇车之后就可以直接上到3~9档,也就意味着速度增加了许多。

　　摇车实际上非常简单，只需要在车上站起来，用身体的重量去压踏板，而不是用腿蹬，因为需要左右移动身体的重心去压踏板，所以看上去就会摇摇晃晃的。摇车也是一件非常需要体能的事情，通常我们会在上特别陡的坡时使用，或者是平地启动加速，以及坐久了之后换个姿势。

　　当时我们算是同一批出发的人里面最年轻的，不过并不是指我，而是我弟。在路上我们也会遇到一些骑友，他们会在车子后面装一个小推车，把自己的孩子放在里面，然后带着孩子一起骑，通常孩子只有七八岁，让我们佩服不已。不过这种毕竟负重很大，所以他们脚力会慢许多；也会带上帐篷，这样可以随时随地停下来扎营，不需要赶时间。如果你现在年龄不大，你终于可以对你的爸爸说，"你看看别人家的爸爸！"

带女儿一起骑的骑友

DAY 8

今天从相克宗前往红龙乡，全程近80公里，四上四下，非常的虐，从早上7点多出发一直骑到下午4点半才抵达目的地，中间除了休息几分钟吃口干粮外，全程没有休息，佩服一天骑到理塘的大佬们。

途中遇到一个19岁的男生，从河南出发带帐篷骑行了已经1个多月，计划去珠峰大本营然后走新疆，佩服不已。路上的大佬很多，相比之下自己的骑行规划也就不值一提了。

虽然今天的路程不到80公里，但我们的骑行时间也有将近10个小时。在停止骑行休息时，行者小G会自动暂停，所以实际骑行的时间要比码表记录的时间长很多。当天4点半我们到达红龙乡，属于最早的一批，大部分人在5点半、6点多到达。

这一天确实令人难忘，线路难度非常高，跟第一天成都到雅安差不多，尤其是过了正午之后垭口的风变得特别大，我和我弟四点多过垭口的时候甚至连车子都推不动，可以说是一步步挪上去的。

远处在下雨，就让我弟摆了张施法的pose哈哈

DAY 9

今天从红龙乡骑到理塘,很轻松,3个小时左右就抵达了理塘,舒缓了一下昨日的酸痛。上次来理塘还是走格聂重装的时候和板眼哥他们一起来的,老样子入住了"理塘的夏天",算是理塘很不错的一家青旅了,他们家有一个后院,里面有超级大的大狗子,有机会一定要去rua一下。

中国人旅行最怕的就是"来都来了"这句话,所以来都来了,我们同行的小伙伴决定去理塘旁边的稻城亚丁玩一圈儿,以免以后留下遗憾。先说结论,除开神圣属性,我觉得没有尼泊尔的山好看,就是几座雪山旁边有一两个湖,尼泊尔的风景比亚丁壮观很多,但如果你从来没有见过雪山,还是值得打卡的。

我们6个人包车去稻城亚丁景区,一个人来回220元,亚丁景区门票266元,算下来两天没有五六百元搞不定,大家可以根据自己的经济实力选择是否去游览。

记住这个小伙伴哈，后面他还有戏份

狗子真可爱，不是，我弟真可爱

在亚丁景区步道上拍的合照

哟，小驴你好像有点丧？

这个不是亚丁的主峰，是旁边的小山峰，有没有想起来什么？

我来提示一下：要永远相信光。

DAY 13

今天从禾尼乡到巴塘，全程116公里。前30公里翻过海子山后，全程80多公里的下坡，属于318最长下坡，放坡还是爽的，由于下坡很多，难度不是很大，早上8点多出发，下午4点半左右抵达巴塘。

不幸的是，今天出现了我们骑318时遇到的最大事故。还记得前面我说有戏份的小伙伴吗？他和另一个小伙伴在放坡的时候追尾翻车了，一个人有事，车没事；一个车有事，人没事。这个小伙伴手腕部分摔成粉碎性骨折，最后连夜赶回成都医院做手术，虽然离开的时候还是笑着跟我们说一定要顺利走完，但谁都能感受到他的落寞和遗憾。车子有事的小伙伴整个车轮折了过来，最后花了大几百换了一个轮组。

幸运的是，还好他们追尾的地方旁边有个类似排水沟之类的沟渠，否则旁边就是悬崖。实际上这一段在路书上也明确标注了，有大急弯，非常危险，需要谨慎通过，没想到还是出了事情。

他们的平均车速在45公里左右，所以遇到大急弯的时候减速已经来不及了。我和我弟平常下坡的时候，都是我开路我弟在后面跟着，他从来不会在下坡的时候超过我。自行车的车速如果超过了40公里，我会觉得对于车子失去了掌控力，任何轻微的颠簸或者抖动都有可能摔跤，所以我放坡的速度一般控制在35公里左右，尤其是318国道并不是高速，很多路段的路面说不上非常平整，小坑那是常有的事情，更进一步提升了危险系数。

平常一直听别人说318很容易出事，虽然大家嘴上说着一定不会,但很多人一旦骑起来就很容易上头,尤其是放坡的爽快感觉一言难尽。还是那句老话,安全第一,相信没有人希望这样的事故发生在自己身上。

可见当时摔得有多严重

DAY 28

中间的过程不再赘述，无非就是爬坡、放坡、爬坡的无限循环，一路上无惊无险地骑了过来。虽然遇到几天下雨天，临时买了一件雨衣之后也顺利走完了。

在318国道上，你可以在旁边的栏杆上发现很多骑友调侃的话语，观看这些话语也是非常有意思的一件事情。例如，把觉巴山改名为折特多山，这一点我就非常赞同。如果你也想要在318上留下属于自己的印记，一定要记得带上一支油性笔。

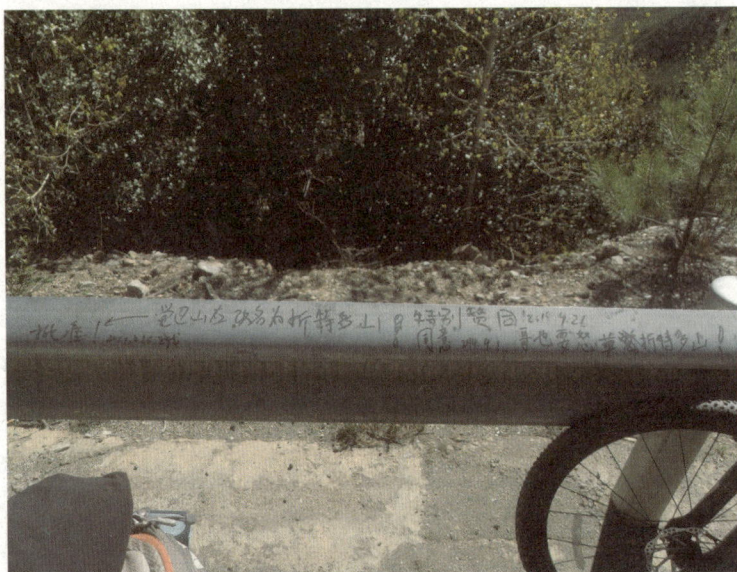

哥也要怒×折特多山

觉巴山应改名为折特多山！

同意 2014.4.1

特别赞同！2018.9.26

批准！2021.4.26

一起同行的小伙伴

从左到右分别是：王师傅（从上海出发每过一个大城市都会盖章的大佬），盆子哥（因为他带着洗脸盆骑318），黎明（换车后骑得贼快的大佬），晓康（大佬），我（菜鸡），丁一苇（菜鸡的弟弟）

　　自从翻越了318线上最后一座5000米海拔的米拉山之后,到拉萨的100多公里将再无上坡,全是缓下坡。这也是318线上我觉得最爽的一段路,它的坡度非常微妙,以至于你可以一直以30公里左右的速度骑行,爽到爆炸!

　　经历了28天的骑行之后,我们最终顺利抵达了拉萨,完结撒花!

结语

感谢您能够阅读到这里,希望在这几个小时的阅读当中,我的故事能够给您带来一些启发与思考。

在尝试写这本书之后,我对于阅读有了更深的理解。为什么说阅读是最好的提升方式呢?像比尔·盖茨、巴菲特、李嘉诚这些非常成功的人,他们的阅读量是非常大的。巴菲特是一个非常喜欢阅读的人,每天80%的时间都花在阅读上面,页数甚至超过500页之多。而我的老师阅读量每年也在300本以上,基本上一天一本。

每一本著书,都浓缩了作者的思想精华,我们可以通过他的文字来获取相关的经验。像这本书,可能您看完只需要三四个小时,而我则亲身经历了很多年,写作花费了半年多,如果算上零零散散的修改和校稿,时间则达到了1年多。看完这本书之后,您可能会对群演、骑马、登山、徒步、潜水有一个大致的了解,并萌生了想要尝试的念头,体验一种全新的生活!

这就是书籍的力量,一本好的书籍足以使我们收获良多,并且有可能改变我们的人生。我们也应该感谢这个时代的福利,在以往的任何年代中,书籍永远是上层阶级才能享有的专利。

关于未来

穷游到了这里就算告一段落,也算是完成了当时定下的一百元穷游中国一年的挑战。很多人会问:穷游到底有什么用?

大家知道我在七年级的时候就完全离开体制学校了,自然没有任何文凭。在学校里,我们也没有学习任何专业。所以,离开学校之后我不得不开始思考:我对于社会的价值在哪里?我能够干什么?我的人生目标是什么?

穷游之前,我对这些问题是非常迷茫的。记得第一次去求职,那是一份文案一类的工作,是上海郊区一家做厨具的企业。我当时信心满满,觉得这么简单的工作,一个月三四千的offer我肯定能拿下来,但是最后被老板拒绝了,他说你没有工作经验又没有文凭,就是个初中毕业的,赶紧回家吧。当时对我的打击非常大。

穷游之后,对于人生目标我也有了自己的思考和答案。在回答之前,我也希望你能够想一想,如果你现在从事的是某一个职业,不管是会计、工程、土木还是编程,等等,你的核心价值在哪里?除了这个以外,你还能够适应其他的工作吗?你是否能为社会作出其他的贡献?

可能有人会说,你这纯粹就是鸡蛋里挑骨头,一个职业哪有说没就没的?但仔细想一想,概率还是很高的。2015版《中华人民共和国职业分类大典》,与1999版大典相比,新增了"快递员"等347个职业,取消了"话务员""制版工"等894个职业。在20年前,我们不会意识到未来的生活将被手机改变,我们不会意识到会有快递与外卖两种职业,我们不会意识到还有电动汽车这种东西……但是现在这一切我们却习以为常。实际上哪怕你三年前跟我说电动汽车这个概念我也是不太相信的,我之前始终认为电动汽车就是小孩子玩的玩具，玩一会儿就没电了，怎么可能上路驾驶呢？

现在人工智能越来越发达，工厂需要的人手越来越少，很多岗位的工人正在面临失业的危机，你如何保证自己的专业未来不会被某一样新鲜事物给摧毁？要知道摧毁一个行业的往往是另外一个行业。

穷游过程中我做了很多工作，快递、保安、保洁、群演、酒店前台，等等，我只是进行短暂体验，但有无数的人以此为生。有人觉得一天80块钱的保安，一天不用特别干什么就能拿到工资是一份不错的工作；也有很多群演在横店待了很多年始终没有能接到角色，但他们觉得群演有群演的乐趣。

从社会运转的角度来说，每一个人都是整个社会体系的组成部分，少了他们的付出我们的社会将无法顺利运转，所以每一个人都是有价值的。对于我自己而言，我不太愿意自己的一生都在做重复的工作。那么，除了穷游中体验的工作外，我还能够做什么呢？

穷游之中，我也认识了很多自己创业的人。像麦克哥尤为典型，他最开始做工程做得好好的，因为自己喜欢骑马，带着家庭搬到云南自己建了一个马场，现在通过马术教学也能够生活得很好。在三亚的民宿老板，原来也是自己喜欢冲浪，慢慢做成了俱乐部和民宿。除了这些创业人士外，像水君和希瑞哥是典型的无拘无束，经常看到他们在朋友圈里面东跑西跑，一会儿爬山、一会儿骑马、一会儿去学冲浪潜水。

单纯从生存的角度来说，这些人的示范给予我强大的信心，我相信只要持之以恒做自己喜欢的事情，至少生存不成问题。如果你不仅仅满足于生存，你也可以想办法让自己的爱好为世界创造更多的价值，此时你就把爱好变成了自己的事业。所以最关键的问题是你到底喜欢什么。我认为发现自己喜欢的事情是人生中最重要的事情了！

关于行动

我知道你们现在在想什么，大概率跟我当时劝说同学时一样，"哎呀，你说得好听，我这上有老下有小的，挪不开啊……"或者是我听到最多的一句话，"我也想啊，这样的生活很美好啊，但是……"（这个但是就很灵性）

一边是安稳的生活，一边是带有风险的冒险，很多人在这两者之间举棋不定。如果你现在和我年龄差不多，或者比我更小一些（那自然是最好不过），我非常建议你在假期中多多参加义工活动，或者像我一样到处走走。

你大可不必选择和我一样只带100元出门，我觉得西方国家流行的间隔年旅行是非常好的方式。

百度君：

我就是一根蜡烛，哪怕到了最后也要散发属于自己的温暖。

间隔年（Gap Year）是西方国家的青年在升学或者毕业之后工作之前，做一次长期的旅行，让学生在步入社会之前体验与自己生活的社会环境不同的生活方式。

间隔年期间,学生离开自己国家旅行,通常也适当做一些与自己专业相关的工作或者一些非政府组织的志愿者工作。这样可以培养学生的国际观念和积极的人生态度,学习生存技能,增进学生的自我了解,从而让他们找到自己真正想要的工作或者找到更好的工作,更好融入社会。

还有一种"Career break"(离职长假)的说法,指的是已经有工作的人辞职进行间隔旅行,以调整身心或者利用这段时间去做别的事情。

总之,无论是学生的gap抑或有工作一族的gap,都是为了从固定不变的生活模式中暂时跳出来,去另外一个环境体验新的生活,经历更多以更好地认识自己,这样我们才能更好地迎接未来。人生的际遇就是这样,其实,只需要"跳出来一下,或许就能得到可以支撑整个人生的幸福"。

间隔年是大部分国外青年在毕业之后会选择的旅行,而在中国我们鲜少听到这样的词汇。我们忙着毕业工作赚钱,结婚生子养家。在这样一个追求快节奏的时代,为什么不给自己留一点缓冲的时间,思考一下自己的未来呢?

相比于选择一个自己完全不感兴趣的专业工作,如果我在间隔年的旅行中发现自己喜欢潜水,我会毫不犹豫地选择做一个潜水教练。做自己喜欢的事情,人生才更有意义,同时也会让你更加认真地对待工作,创造出更多价值。希瑞目前就是在三亚的潜店做潜水教练的学徒,学出来之后就可以做潜水教练,他非常喜欢并且享受这样的生活,而这样生活的成本需要多少呢?你不需要付出任何代价，甚至潜店还要给你补贴。

如果你是大三的学生，有家里支持最好，或者在实习期间也应该攒下了一小笔积蓄，大部分的义工工作，工作满一个月之后老板一般会报销来回的路费，当然这需要你提前和老板确认。如果我一百元都能够顺利走完一年，相信你也可以，金钱并不是阻碍你行动的最大障碍，而是你的内心。

So，选择自己喜欢做的，做自己想做的！

人类天生就讨厌陌生的环境，不喜欢未知的感觉，大家更倾向于停留在自己的舒适圈内，我也不例外。父母和我提出穷游的事情是在2019年12月，当时我也同意了，后来的事情大家都知道，疫情突然暴发导致所有人不得不居家隔离，我们在上海也是尽量避免出门。穷游这件事情就被按下了，父母明确表示等疫情好转就立刻开始。

都知道死刑前的等待是非常煎熬的，当时我就仿佛在承受着这些煎熬，我不知道出去之后如何通过100元生存下来，我开始幻想自己再一次被绑架或者遭遇不测，这些幻想都在消磨我的意志。一直到2020年4月中旬，疫情稍微好转之后，我立刻提出了离开的想法，实际上父母希望我再等一段时间，等到五六月份疫情稳定下来之后再出发，但我怕时间继续拖延下去就彻底没有了斗志。

所以，我写了一篇文章，表述自己要穷游的想法，并且发布在了自己和母亲的公众号上，立了一个大大的flag，也算是断绝了自己的后路。就这样，2020年4月15日，一百元穷游中国一年的挑战开始了。

在穷游的过程中，后期我多数采用的是义工旅行的方式。实际上人类的适应能力非常强，在一个地方待上一两周就可以非常适应了。而寻找新的义工工作意味着面临搬家、开销等诸多不确定性，我也讨厌搬来搬去的感觉。不过规则限定了我必须及时更换义工工作，所以找到心仪的义工工作后，我的第一件事情，就是购买车票。

断绝念想后，你只能开始进一步推进自己的计划，和下家联系、和本家沟通、开始收拾行李，等等，最后你会发现，只要迈出了第一步，剩下的事情都会水到渠成。

再讲一个我最近的案例，之前说到未来想要做新旅行，结束穷游之后，很多在旅行社的朋友和我说应该从计调开始做起，因为计调属于后台操作，可以掌握整个行程，资源也多一些，能够更快地熟悉旅行社的操作，可以将计调理解成后勤人员，负责对接车辆啥的。

我面试了上海几乎所有新旅行的计调岗位，像游侠客、黑眼睛、viva, 等等，但计调这个岗位实际上更偏向于传统旅行社，新旅行基本上计调和产品经理是合在一起的，同时他们虽然不看重学历，但更希望招募有经验的人，毫无疑问这些面试都失败了。

最后我不得不放弃计调岗位，转做兼职领队。后来才发现做领队也是很棒的选择，领队属于一线人员，可以掌握一手的客户信息，能够更了解客户的需求，同时关于车辆和线路可能领队比计调本身还更了解一些。

所以，我一直相信宇宙给我们的安排永远是最好的。同时我也相信，只要想做，没有什么事情是做不了的。

那么你呢？

要不，先从买一张机票开始吧！

关于人生目标

拥有明确长远的人生目标是非常关键的一环，哈佛大学一项耗时25年的研究显示，决定一个人命运的，并非是出身，而是人生目标，只有3%的大学生有明确长远的人生目标，往往这3%的人获得成功的概率更大。其实，上大学只是我们为了达成人生目标的一个手段，但绝大多数人只把目标停留在考上大学，上完大学之后则开始迷茫自己的未来。

人生目标也一直是我非常头疼的一件事情。

在学校的时候，老师提供了三种人生目标供我们选择，老师、医生与武术家，说实话，我的兴趣不大，我觉得待在一个地方一直练功或者一直教小孩子未免也太无聊了，所以最后我离开了原来的学校。

过了一两年我问当年的同学，应该怎么样才能找到真正的人生目标呢？

她告诉我说："一开始我们选择做老师也不是真正发自肺腑地热爱，只是老师说做老师很不错，功德很大，所以选择了这个，但做着做着就慢慢喜欢上了这份工作。所以我觉得人生目标还是要多去体验，在体验的过程中你慢慢就能感受到什么是自己真正热爱的事物了，而不是一拍脑门说就这个了。"

当年我离开学校以后想着做生意赚钱，实际上我也找到了一个真的挺赚钱的行业，就是儿童体适能训练。任何一个休格优秀的人经过一定的培训就能够轻松拿上七八千的月薪,稍微努力一点上万也是轻轻松松,跟你的文凭毫无关系。很多做过两三年的人就自己跑出去开店,活得也非常滋润,钱肯定也没少赚。但自己总觉得提不起劲儿,在我看来,教练带着玩跟家长自己带小孩子在外面玩的差别真心不大。所以我意识到自己并不是只喜欢赚钱,否则我应该立刻抓住这个机会进入行业捞油水。

那,我的人生目标在哪里呢?

穷游了一年,体验了不少工作和户外运动,我发现自己最兴奋的时候,莫过于接触一个全新的领域,在全新的领域中不断学习。所以,我的人生目标就是不断体验与提升,对我而言,实现这个目标的最佳方式就是旅行。

那么我是如何确定做旅游是我真正喜欢并且想要做的事情呢?老师讲了一堂课,为我们展示了如何确定人生目标的方式,非常有效,在这里分享给大家。

这个方法是列举可能会出现的上中下三种境地,并且判断自己是否能够接受最糟糕的局面,如果能够接受,那么这件事情大概率就是你真正喜欢做的。

第一种境地——自己做户外旅行公司。

自己做户外旅行公司可以实现很多有趣的想法,同时如果自己想去什么地方也可以自主发团。可以说是上上选,也是自己最期望能够达到的境地。

我会努力创造出更多更有趣的线路,更多实用的产品,我将秉持着帮助更多的人有更好的体验与提升的理念去运转。

但事情可能并不像我们想象中的那么顺利,天时地利人和缺一不可。如果因为某种原因做不了公司，那怎么办呢？

第二种境地——做某个户外旅行公司的管理层或者产品经理。

户外旅行公司的产品经理往往需要实际踩点，管理层则相对更加自由，不会受到太多约束，在这种情况下，也能够满足我自己体验与提升的愿望。但与自己开办公司不同的是，整个公司的运行理念并不由自己决定，很多有趣的想法可能也不能实施。所以这是次一等的境遇。

第三种境地——做一名领队或者某个领域的教练。

领队也同样可以带团到处体验，但相比前两种，受到的约束更多，自主性也更少一些，所以是最下等。不过带团还是一件令人非常开心的事情。

不管在哪一种境地下，我发现对自己做的事情都很喜欢，即使是最差的境地，我也很开心，所以就更加坚定了自己做户外旅行的想法。

以上，就是我自己对于人生目标与旅行的一些看法。这里拿自己喜欢的旅行举例子，希望您也可以通过这种方式找到属于自己的人生目标！如果对您有任何一点儿帮助，我都会觉得非常值得。

如果找到了的话，那就大胆去做吧！

如果还没有找到，不妨给自己一些时间去寻找，祝福我们每一个人都拥有自己真正热爱的事物！